Franz Fühmann

Die Verteidigung der Reichenberger Turnhalle

Das Judenauto

und andere Erzählungen

Nachwort von
Hans-Jürgen Schmitt

Philipp Reclam jun. Stuttgart

Die fünf Erzählungen erschienen, ausgewählt von Doris und Hans-Jürgen Schmitt, erstmals 1977 in der Universal-Bibliothek.

Universal-Bibliothek Nr. 9858

Lizenzausgabe mit Genehmigung der
Hinstorff Verlag GmbH, Rostock
Gesamtherstellung: Reclam, Ditzingen. Printed in Germany 1995

ISBN 3-15-009858-0

Das Judenauto

Wie tief hinab reicht das Erinnern? Ein warmes Grün, das ist in meinem Gedächtnis wohl das früheste Bild: das Grün eines Kachelofens, um dessen oberes Bord sich das Relief eines Zigeunerlagers gezogen haben soll; doch das weiß ich nur noch aus den Erzählungen meiner Mutter, keine Anstrengung des Hirns bringt mir dies Bild zurück. Das Grün aber habe ich behalten: ein warmes Weinflaschengrün mit stumpfem Glanz. Immer wenn ich mir dieses Grün vor Augen führe, fühle ich mich leicht über den Dielen in Lüften schweben: Ich konnte, wie Mutter erzählte, die Zigeuner nur sehen, wenn Vater mich zweijährigen Knirps in die Höhe hob.

Dann folgt in meinem Gedächtnis etwas Weiches und Weißes, auf dem ich unendlich lange Zeit stillsitzen und dabei in ein sich auf- und abwärts krümmendes Schwarz starren mußte, und dann eine Höhle Holunder mit einer Bank und einem Mann drauf, der nach Abenteuern roch und mich auf seinem Knie reiten ließ und mir ein Stück wunderbar süßer Wurst in den Mund schob, die ich gierig kaute, und diese Erinnerung ist verbunden mit einem Schrei und einem Sturm, der plötzlich Mann und Laube von mir fortriß, um sie jählings ins Nichts zu wirbeln. Es war natürlich keine Sturmbö, es war der Arm der Mutter, der mich aus der grünen Höhle gerissen hatte, und auch der Schrei war der Schrei ihres Entsetzens gewesen: Der Mann, dessen Knie mich gewiegt hatte, war eine der Spottfiguren des Dorfs: ein heruntergekommener Großbauer, der, auf säbelkrummen Beinen einherschwankend, die Dörfer nach Brot und Schnaps zu durchbetteln pflegte, und der Geruch wilder Abenteuer war sein Atem von Brennspiritus und die Wurst ein Abfall der Roßschlächterei. Jedenfalls muß es herrlich gewesen sein, auf seinen Knien zu reiten: Es ist dies das erste Bild, das ich heute noch ganz deutlich vor mir sehe, und ich war damals drei Jahre alt.

Von da an folgen die Bilder dichter und dichter: die Berge, der Wald, der Brunnen, das Haus, der Bach und die Wiese; der Steinbruch, in dessen Grotten die Geister, die ich mir ausdachte, hausten; Kröte, Hornisse, der Käuzchenruf, die Vogelbeerenallee vor der grauen Fabrik, der Jahrmarkt mit seinem Duft von türkischem Honig und dem Drehorgelgeschrei der Schaubudenausrufer und schließlich die Schule mit ihrem kalkgetünchten, trotz der hohen Fenster stets düstren Korridor, durch den aus allen Klassenräumen heraus die Menschenangst wie eine Nebelschwade kroch. Die Gesichter der Lehrer habe ich vergessen; ich sehe nur noch zwei verkniffene graue Augen über einer langgezogenen messerscharfen Nase und einen von Ringen gekerbten Bambusstock, und auch die Gesichter der Mitschüler sind blaß und unscharf geworden bis auf ein braunäugiges Mädchengesicht mit schmalem, kaum geschwungenem Mund und kurzem hellem Haar über der hohen Stirn: Das Gesicht, vor dessen Augen man die seinen, zum ersten Mal durch eine rätselhafte Macht verwirrt, niedergeschlagen hat, man vergißt es nicht, auch wenn danach Bitteres geschehen ist ...

Eines Morgens, es war im Sommer 1931, und ich war damals neun Jahre alt, kam, wie immer wenige Minuten vor dem Läuten, das Klatschmaul der Klasse, die schwarzgezopfte, wie ein Froschteich plappernde Gudrun K. wieder einmal mit ihrem Schrei »Ihr Leute, ihr Leute, habt ihr's schon gehört!« in die Klasse gestürmt. Sie keuchte, da sie das schrie, und fuchtelte wild mit den Armen; ihr Atem flog, doch sie schrie dennoch: »Ihr Leute, ihr Leute!« und rang im Schreien schnaufend nach Luft. Die Mädchen stürzten ihr, wie immer, entgegen und umdrängten sie jäh wie ein Bienenschwarm seine Königin; wir Jungen jedoch achteten kaum auf ihr Getue, zu oft schon hatte das Klatschmaul etwas als Sensation ausgeschrien, was sich dann als Belanglosigkeit entpuppte. So ließen wir uns in unserm Tun nicht stören: Wir diskutierten gerade die neuesten Abenteuer unsres Idols Tom Shark, und Karli, unser Anführer, machte uns vor, wie man nach dessen Manier den gefährlichsten Wolfshund im Nu erledigt: ein fester Griff in den Rachen, dorthin, wo die Zähne am spitzesten stehen, den Oberkiefer festgehalten, den Unterkiefer hinuntergerissen, den Schädel im Wirbel gedreht und dem Tier einen Tritt in den Kehlkopf – da hörten wir aus dem Schwarm der Mädchen einen schrillen Schrei. »Iii, wie gräsig!« hatte eines der Mädchen geschrien, ein ganz spitzes quiekendes Iii des panischen Schreckens; wir fuhren herum und sahen das Mädchen stehen, die Hand vor dem weit offenen Mund und in den Augen das blanke Entsetzen, und die Gruppe der Mädchen stand vor Schauder gekrümmt. »Und dann rühren sie das Blut mit Nullermehl an und backen draus Brot!« hörten wir Gudrun hastig berichten, und wir sahen, wie die Mädchen sich schüttelten. »Was erzählst du da für 'n Quatsch!« rief Karli laut. Die Mädchen hörten nicht. Zögernd traten wir zu ihnen. »Und das essen sie dann?« fragte eine mit heiserer Stimme. »Das essen sie dann zu ihrem Feiertag, da kommen sie zu Mitternacht alle zusammen und zünden Kerzen an, und dann sagen sie einen Zauber, und dann essen sie das!« bestätigte Gudrun mit keuchendem Eifer. Ihre Augen brannten. »Was für ein Zauber?« fragte Karli und lachte, aber das Lachen klang nicht echt. Plötzlich fühlte ich eine seltsame Angst. »So red schon!« schrie ich Gudrun an, und auch die anderen Jungen schrien, und wir drängten uns um die Mädchen, die Gudrun umdrängten, und Gudrun wiederholte in hastigen, fast schreienden Sätzen ihren Bericht: Ein Judenauto sei, so sprudelte sie heraus, in den Bergen aufgetaucht und fahre abends die wenig begangenen Wege ab, um Mädchen einzufangen und zu schlachten und aus ihrem Blut ein Zauberbrot zu backen; es sei ein gelbes, ganz gelbes Auto, so redete sie, und Mund und Augen waren vor Entsetzen verzerrt: ein gelbes, ganz gelbes Auto mit vier Juden drin, vier schwarzen mörderischen Juden mit langen

Messern, und alle Messer seien blutig gewesen, und vom Trittbrett habe auch Blut getropft, das hätten die Leute deutlich gesehen, und vier Mädchen hätten sie bisher geschlachtet, zwei aus Witkowitz und zwei aus Böhmisch-Krumma; sie hätten sie an den Füßen aufgehängt und ihnen den Kopf abgeschnitten und das Blut in Pfannen auslaufen lassen, und wir lagen übereinandergedrängt, ein Klumpen Entsetzen, der kreischte und bebte, und Gudrun überschrie unser Grauen mit schriller Käuzchenstimme und beteuerte, obwohl niemand ihre Erzählung anzweifelte, gierig, das sei alles wirklich wahr. Wenn sie gestern nach Böhmisch-Krumma gegangen wäre, um Heimarbeit auszutragen, hätte sie das Judenauto mit eigenen Augen sehen können: gelb, ganz gelb, und vom Trittbrett das tropfende Blut, und ich starrte Gudrun ins Gesicht, das rot war, und dachte bewundernd, daß sie ein tolles Glück gehabt habe, nicht abgeschlachtet worden zu sein, denn daß das Judenauto durch die Felder fuhr und Mädchen einfing, daran zweifelte ich keinen Augenblick.

Ich hatte zwar noch keinen Juden gesehen, doch ich hatte aus den Gesprächen der Erwachsenen schon viel über sie erfahren: Die Juden hatten alle eine krumme Nase und schwarzes Haar und waren schuld an allem Schlechten in der Welt. Sie zogen den ehrlichen Leuten mit gemeinen Tricks das Geld aus der Tasche und hatten die Krise gemacht, die meines Vaters Drogenhandlung abzuwürgen drohte; sie ließen den Bauern das Vieh und das Korn wegholen und kauften von überallher Getreide zusammen, gossen Brennspiritus darüber und schütteten es dann ins Meer, damit die Deutschen verhungern sollten, denn sie haßten uns Deutsche über alle Maßen und wollten uns alle vernichten – warum sollten sie dann nicht in einem gelben Auto auf den Feldwegen lauern, um deutsche Mädchen zu fangen und abzuschlachten? Nein, ich zweifelte keinen Augenblick daran, daß das Judenauto existierte, und auch die Worte des Lehrers, der unterdessen die Klasse betreten und die Nachricht vom Judenauto, die alle Münder ihm zugeschrien, für wenig glaubwürdig erklärt hatte, änderten nichts. Ich glaubte an das Judenauto; ich sah es gelb, ganz gelb zwischen Kornfeld und Kornfeld fahren, vier schwarze Juden mit langen, spitzigen Messern, und plötzlich sah ich das Auto halten und zwei der Juden zum Kornfeld springen, an dessen Rand ein braunäugiges Mädchen saß und einen Kranz blauer Kornraden flocht, und die Juden, Messer zwischen den Zähnen, packten das Mädchen und schleppten es zum Auto, und das Mädchen schrie, und ich hörte ihren Schrei, und ich war selig, denn es war mein Name, den sie schrie. Laut und verzweifelt schrie sie meinen Namen; ich suchte nach meinem Colt, doch ich fand ihn nicht, und so stürmte ich mit bloßen Händen aus meinem Geheimgang hinaus und sprang die Juden an. Den ersten schmetterte ich mit einem Schlag gegen das Kinn zu Boden, dem zweiten, der das Mädchen schon hochgehoben hatte, um es in den Wagen zu wälzen, schlug ich mit der Handkante ins Genick, so daß auch er zusammensank; der Jude am Steuer gab Gas, und der Wagen schoß auf mich zu. Doch darauf war ich natürlich gefaßt gewesen und schnellte zur Seite; das Auto schoß vorbei, ich sprang auf sein Heck, zertrümmerte mit einem Faustschlag die Wagendecke, drehte dem Juden auf dem Beifahrersitz das Messer aus der zustoßenden Hand, warf ihn aus dem Wagen, überwältigte den Juden am Steuer, bremste, sprang ab und sah im Gras vorm Kornfeld ohnmächtig das Mädchen liegen, und ich sah ihr Gesicht, das vor mir reglos im Gras lag, und plötzlich sah ich nur ihr Gesicht: braune Augen, ein schmaler, kaum geschwungener Mund und kurzes, helles Haar über der hohen Stirn. Ich sah Wangen und Augen und Lippen und Stirn und Haar, und mir war, als sei dies Gesicht immer verhüllt gewesen und ich sähe es das erste Mal nackt. Scheu befing mich; ich wollte wegsehen und konnte es doch nicht und beugte mich über das Mädchen, das reglos im Gras lag, und berührte, ein Hauch, mit meiner Hand ihre Wange, und mir wurde flammend heiß, und plötzlich brannte meine Hand: ein jäher Schmerz; mein Name dröhnte in mein Ohr; ich fuhr auf, und der Lehrer hieb mir ein zweites Mal das Lineal über den Handrücken. »Zwei Stunden Nachsitzen«, schnaubte er, »ich werd dir das Schlafen im Unterricht schon austreiben!« Die Klasse lachte. Der Lehrer schlug ein drittes Mal zu; die Hand schwoll auf, doch ich biß die Zähne zusammen: Zwei Bänke vor mir saß das Mädchen, dessen Gesicht ich im Gras gesehen hatte, und ich dachte, daß sie jetzt als einzige nicht über mich lachen würde. »Im Unterricht schlafen – glaubt der Kerl, die Bank sei ein Bett!« Der Lehrer hatte das als Witzwort gesprochen, und die Klasse brüllte vor Lachen. Ich wußte, daß sie niemals über mich lachen würde. »Ruhe«, schrie der Lehrer. Das Lachen verebbte. Die Striemen auf meiner Hand wurden blau.

Nach dem Nachsitzen traute ich mich nicht nach Hause; ich grübelte, als ich langsam die Dorfstraße hinaufging, nach einer glaubwürdigen Ausrede und kam schließlich auf den Gedanken, zu Haus zu erzählen, ich hätte dem Judenauto nachgeforscht, und so bog ich, um nicht von der Hauptstraße, sondern von den Feldern aus nach Haus zu kommen, von der Straße ab und ging einen Feldweg hinauf, den Bergen zu: Kornfelder rechts und Wiesen links, und Korn und Gras wogten mir übers Haupt. Ich dachte nicht mehr ans Nachsitzen und nicht mehr an das Judenauto; ich sah das Gesicht des Mädchens in den Wellen der Gräser, und im Korn sah ich ihr helles Haar. Die Wiesen dufteten sinnverwirrend, das pralle Fleisch der Glockenblumen schwang blau in der Höhe meiner Brust; der Thymian sandte wilde Wellen betäubenden Duftes, Wespenschwärme brausten bös, und der Mohn neben den blauen Raden glühte, ein sengendes Gift, in hitzigstem Rot. Die Wespen schwirrten wild um mein Gesicht, die Sonne dünstete; die Grillen schrien mir eine irre Botschaft zu, große Vögel schossen jäh aus dem Korn auf; der Mohn neben den Raden lohte drohend, und ich war verwirrt. Ich war bisher arglos in der Natur gestanden wie eins ihrer Geschöpfe, eine Libelle oder ein wandernder Halm, doch nun war mir, als ob sie mich von sich stieße und ein Riß aufbräche zwischen meiner Umwelt und mir. Ich war nicht mehr Erde und nicht mehr Gras und Baum und Tier; die Grillen schrien, und ich mußte daran denken, daß sie beim Zirpen die Flügel aneinanderrieben, und plötzlich kam mir das schamlos vor, und plötzlich war alles verändert und wie zum ersten Mal gesehen: die Kornähren klirrten im Wind, das Gras schmiegte sich weich aneinander, der Mohn glühte, ein Mund, tausend Münder der Erde, der Thymian brodelte bitteren Dunst, und ich fühlte meinen Leib wie etwas Fremdes, wie etwas, das nicht Ich war; ich zitterte und fuhr mit den Fingernägeln über die Haut meiner Brust und zerrte an ihr; ich wollte schreien und konnte doch nur stöhnen; ich wußte nicht mehr, was mir geschah, da kam, Korn und Gras zur Seite drängend, ein braunes Auto langsam den Feldweg herunter.

Da ich es wahrnahm, schrak ich zusammen, als sei ich bei einem Verbrechen ertappt worden; ich riß die Hände von meiner Brust, und das Blut schoß mir jäh in den Kopf. Mühsam sammelte ich meine Gedanken. Ein Auto? Wie kommt ein Auto hierher, dachte ich stammelnd; da begriff ich plötzlich: das Judenauto! Ein Schauer überrann mich; ich stand gelähmt. Im ersten Augenblick hatte ich zu sehen vermeint, daß das Auto braun war; nun, da ich, entsetzt und von einer schaurigen Neugier angestachelt, ein zweites Mal hinblickte, sah ich, daß es mehr gelb als braun war, eigentlich gelb, ganz gelb, grellgelb. Hatte ich anfangs nur drei Personen drin gesehen, so hatte ich mich sicher getäuscht, oder vielleicht hatte sich einer geduckt, sicher hatte sich einer geduckt, es waren ihrer vier im Wagen, und einer hatte sich geduckt, um mich anzuspringen, und da fühlte ich Todesangst. Es war Todesangst; das Herz schlug nicht mehr; ich hatte sein Schlagen nie wahrgenommen, doch jetzt, da es nicht mehr schlug, fühlte ich es: ein toter Schmerz im Fleisch, eine leere Stelle, die, sich verkrampfend, mein Leben aussog. Ich stand gelähmt und starrte auf das Auto, und das Auto kam langsam den Feldweg herunter, ein gelbes Auto, ganz gelb, und es kam auf mich zu, und da, als habe jemand einen Mechanismus in Gang gesetzt, schlug mein Herz plötzlich wieder, und nun schlug es rasend schnell, und rasend überschlugen sich meine Gedanken: schreien, davonlaufen, im Korn verstecken, ins Gras springen, doch da fiel mir in der letzten Sekunde noch ein, daß ich keinen Verdacht erregen durfte. Ich durfte nicht merken lassen, daß ich wußte: Das war das Judenauto, und so ging ich, von Grauen geschüttelt, mäßigen Schrittes den Feldweg hinunter, mäßigen Schrittes vor dem Auto, das Schritt fuhr, und mir troff der Schweiß von der Stirn, und ich fror zugleich, und so ging ich fast eine Stunde, obwohl es zum Dorf nur ein paar Schritte waren. Meine Knie zitterten; ich dachte schon, daß ich umfallen würde, da hörte ich, wie einen Peitschenschlag knallend, eine Stimme aus dem Wagen: ein Anruf vielleicht oder ein Befehl, und da wurde mir schwarz vor den Augen; ich spürte nur noch, wie meine Beine liefen und mich mit sich nahmen; ich sah und hörte nichts mehr und lief und schrie, und erst als ich mitten auf der Dorfstraße stand, zwischen Häusern und unter Menschen, wagte ich keuchend, mich umzuschauen, und da sah ich, daß das Judenauto spurlos verschwunden war.

Natürlich erzählte ich am nächsten Morgen in der Klasse, daß mich das Judenauto stundenlang gejagt und fast erreicht habe und daß ich nur durch ganz tolles Hakenschlagen entkommen sei, und ich schilderte das Judenauto: gelb, ganz gelb und mit vier Juden besetzt, die blutige Messer geschwungen hatten, und ich log nicht, ich hatte alles ja selbst erlebt. Die Klasse lauschte atemlos; man hatte mich umdrängt und sah mich bewundernd und auch neidvoll an; ich war ein Held und hätte jetzt an Karlis Stelle der Anführer werden können, doch das wollte ich nicht, ich wollte nur einen Blick und wagte doch nicht, ihn zu suchen. Dann kam der Lehrer; wir schrien ihm die ungeheure Nachricht ins Gesicht. Fiebernd schilderte ich meine Erlebnisse, und der

Lehrer fragte nach Ort und Zeit und Umständen, und ich konnte alles genauestens angeben, da waren keine Mogeleien und Widersprüche, da gab es nichts als unwiderlegliche Tatsachen: das gelbe, ganz gelbe Auto, die vier schwarzen Insassen, die Messer, das Blut am Trittbrett, der Feldweg, der Befehl, mich zu fangen, die Flucht, die Verfolgung; und die Klasse lauschte atemlos.

Da sah das Mädchen mit dem kurzen, hellen Haar auf, und nun wagte ich, ihr ins Gesicht zu sehen, und sie wandte sich halb in ihrer Bank um und sah mich an und lächelte, und mein Herz schwamm fort. Das war die Seligkeit; ich hörte die Grillen schreien und sah den Mohn glühen und roch den Thymianduft, doch nun verwirrte mich das alles nicht mehr, die Welt war wieder heil, und ich war ein Held, dem Judenauto entronnen, und das Mädchen sah mich an und lächelte und sagte mit ihrer ruhigen, fast bedächtigen Stimme, daß gestern ihr Onkel mit zwei Freunden zu Besuch gekommen sei; sie seien im Auto gekommen, sagte sie langsam, und das Wort »Auto« fuhr mir wie ein Pfeil ins Hirn; in einem braunen Auto seien sie gekommen, sagte sie, und sie sagte auf die hastige Frage des Lehrers: Sie seien zur gleichen Zeit, da ich das Judenauto gesehen haben wollte, den gleichen Feldweg hinabgefahren, und ihr Onkel habe einen Jungen, der am Wiesenrand gestanden habe, nach dem Weg gefragt, und der Junge sei schreiend davongelaufen, und sie strich die Zunge über ihre dünnen Lippen und sagte, ganz langsam, der Junge am Weg habe genau solche grünen Lederhosen getragen wie ich, und dabei sah sie mich freundlich lächelnd an, und alle, so fühlte ich, sahen mich an, und ich fühlte ihre Blicke bös wie Wespen schwirren, Wespenschwärme über Thymianbüschen, und das Mädchen lächelte mit jener ruhigen Grausamkeit, deren nur Kinder fähig sind. Als dann eine Stimme aus mir herausbrüllte, die blöde Gans spinne ja, es sei das Judenauto gewesen: gelb, ganz gelb und vier schwarze Juden drin mit blutigen Messern, da hörte ich wie aus einer anderen Welt durch mein Brüllen ihre ruhige

Stimme sagen, sie habe mich ja selbst vor dem Auto davonlaufen sehen. Sie sagte es ganz ruhig, und ich hörte, wie mein Brüllen jählings abbrach; ich schloß die Augen, es war totenstill, da plötzlich hörte ich ein Lachen, ein spitzes, kicherndes Mädchenlachen wie Grillengezirp schrill, und dann toste eine brüllende Woge durch den Raum und spülte mich fort. Ich stürzte aus der Klasse hinaus und rannte aufs Klosett und schloß hinter mir zu; Tränen schossen mir aus den Augen, ich stand eine Weile betäubt im beizenden Chlorgeruch und hatte keine Gedanken und starrte die schwarzgeteerte, stinkende Wand an, und plötzlich wußte ich: Sie waren dran schuld! Sie waren dran schuld, sie, nur sie: Sie hatten alles Schlechte gemacht, das es auf der Welt gibt, sie hatten meinem Vater das Geschäft ruiniert, sie hatten die Krise gemacht und den Weizen ins Meer geschüttet, sie zogen mit ihren gemeinen Tricks den ehrlichen Leuten das Geld aus der Tasche, und auch mit mir hatten sie einen ihrer hundsgemeinen Tricks gemacht, um mich vor der Klasse zu blamieren. Sie waren schuld an allem; sie, kein anderer, nur sie! Ich knirschte mit den Zähnen: Sie waren schuld! Heulend sprach ich ihren Namen aus; ich schlug die Fäuste vor die Augen und stand im schwarzgeteerten, chlordünstenden Knabenklosett und schrie ihren Namen: »Juden!« schrie ich und wieder: »Juden!«, wie das nur klang: »Juden, Juden!«, und ich stand heulend in der Klosettzelle und schrie, und dann erbrach ich mich. Juden. Sie waren schuld. Juden. Ich würgte und ballte die Fäuste. Juden. Judenjudenjuden. Sie waren dran schuld. Ich haßte sie.

Die Verteidigung der Reichenberger Turnhalle

Die Turnhalle in Reichenberg, der etwa vierzig Kilometer von meinem Heimatort gelegenen einstigen Hauptstadt des Sudetenfaschismus, wo ich nach meinem Abgang aus Kalksburg nun das Reform-Realgymnasium besuchte, lebt in meiner Erinnerung als ein olivschwarzer Klotz am Rand einer steil steigenden schmalen Straße. Ihre Verteidigung muß sich um den 15. September 1938 herum zugetragen haben, zu einer Zeit, da wir im Deutschlandsender dreimal täglich die grauenvollsten Meldungen über den Blutterror des tschechisch-jüdisch-marxistischen Mordgesindels an der friedlichen sudetendeutschen Bevölkerung zugleich mit der Versicherung des Führers vernahmen, daß eine Großmacht wie das Deutsche Reich nicht länger mehr gewillt sei, untätig die Leiden der deutschen Brüder und Schwestern mit anzusehen, und daß die sudetendeutsche Frage gelöst werden müsse, so oder so. In Reichenberg zwar war kein Deutscher bislang auch nur verletzt worden, und auch aus meinem Heimatstädtchen hatte ich nichts dergleichen vernommen, hingegen war dort das tschechische Grenzwachhaus überfallen und in Brand gesteckt worden. Allein in allen anderen sudetendeutschen Städten sollten, wie wir hörten, schon die schrecklichsten Greuel an Deutschen stattgefunden und die tollsten Kämpfe getobt haben. Als dann eines Morgens am Reichenberger Markt Straßensperren aus Stacheldraht standen und bewaffnete Polizisten patrouillierten und mein Riegenführer Karli mir keuchend zuschrie, die Tschechen wollten die Turnhalle angreifen, da wußte ich, daß es nun auch in Reichenberg losgehen werde und daß die Stunde der Bewährung für mich gekommen sei.

Ich war dazu bereit. Vor einem Monat erst hatte ich dem Führer selbst ins Angesicht gesehen und ihm dabei ewige Treue geschworen. Ich hatte mit tausenden Kameraden des Turnvereins am Großdeutschen Turn- und Sportfest 1938 in

Breslau teilgenommen. In Achterreihen waren wir ins Stadion eingezogen und hatten im Sprechchor »Wir wollen heim ins Reich« gerufen, die neue Losung, die für uns Inbegriff allen Seins und Sehnens geworden war. Rings auf den Rängen die Menschen hatten uns zugejubelt und geklatscht und getrampelt und Hände und Tücher und Fahnen geschwungen und Lieder gesungen, und alles war wie ein Traum gewesen, ein wehender, jubelnder, brausender Traum; aber es war ja auch in Deutschland gewesen, im Reich deutscher Freiheit und deutschen Glücks! So waren wir die Bahn des Stadions hinuntergezogen, und ich hatte verstohlen um mich gespäht, ob ich den Führer nicht sähe, der doch sicher irgendwo hier stehen müsse in der jubelnden Masse. Doch ich hatte nur die Stadionbahn und drüber die brausenden Ränge gesehen, ohne die Gesichter unterscheiden zu können; rechts und links der Bahn war eine Mauer SS gestanden, wir waren die ganze Länge der Bahn hinuntermarschiert, und ich war traurig gewesen, den Führer übersehen zu haben. Da waren wir plötzlich in eine Kurve eingebogen, eine Gegenkolonne war zu der unsern gestoßen, ein Marsch war aufgeschmettert, hatte unsern Chor überdröhnt, und da war auf der Tribüne der Führer gestanden, ganz nah vor uns im gleißenden Scheinwerferlicht, ganz nah und groß und allein, ein Gott der Geschichte, und er hatte die Hand über uns erhoben, und sein Blick war unsre Reihen entlanggeglitten. Ich hatte geglaubt, mein Herz würde stillstehen, wenn der Führer mich ansehen würde, und da hatte ich jäh gewußt, daß mein Leben dem Führer geweiht war für immerdar.

Dann waren wir in dem Auto, das Vater voriges Jahr erworben hatte, wieder über die Grenze zurückgefahren; der tschechische Grenzer hatte unsern Koffer durchsucht, und dann hatte es einen langen Streit zwischen ihm und meinem Vater gegeben, denn der Grenzer hatte zwischen der Unterwäsche im Koffer zehn Päckchen Zigaretten gefunden und gesagt, daß wir sie verzollen müßten, und mein Vater hatte geschrien, es sei eine Unverschämtheit, daß man als Deutscher in diesem Land nicht einmal mehr deutsche Zigaretten rauchen dürfe, ohne daß die Prager Juden daran verdienten. Dann hatte der Grenzer die Zigarettenpäckchen einfach weggenommen und aufgebrochen und in eine Grube geworfen, wo schon ein Haufen aufgebrochener deutscher Zigarettenpäckchen lag. Ich hatte vor Wut gebebt, wehrlos vor diesem Raub stehen zu müssen, und hatte die Fäuste geballt und gedacht, daß die Stunde der Freiheit bald schlagen müsse. Drei Wochen später war dann durch den Deutschlandsender die Nachricht gekommen, der Führer habe eine Million Reservisten zu den Waffen gerufen, und kurz darauf hatte ich eine heftige Auseinandersetzung mit meinem Vater gehabt, der mich mit meiner Mutter und Schwester für die kritische Zeit zu Wiener Geschäftsleuten bringen wollte. Ich hatte mich aufs heftigste geweigert, jetzt wegzugehen; jetzt würden historische Tage kommen, hatte ich gesagt, und ich wollte sie miterleben und kämpfen, wenn es not sein würde. Mein Vater hatte schließlich nachgegeben, und so war ich wieder nach Reichenberg gefahren, und eines Septembermorgens dann, in der Frühe eines grauen, nebligen Tages, hatte mein Freund Karli an das Fenster meiner ebenerdig gelegenen Studentenbude bei Frau Waclawek in der Gablonzer Straße gepocht und mir keuchend zugeschrien, ich solle schnell zur Turnhalle kommen, es sei Alarmstufe zwei, die Tschechen griffen heute die Turnhalle an! Dann war er weitergelaufen, um die anderen zu verständigen, und ich hatte mich auf den Weg zur Turnhalle gemacht und lief nun die Gablonzer Straße hinunter. Es war ein kalter Morgen, und ich dachte, daß nun also die Stunde der Bewährung gekommen war.

Ich war aufgeregt: Ich hatte noch nie in einem solchen Kampf gestanden: ein paar Schulraufereien und Geländespiele und die dummen Provokationen der Polizei, die ich mir wie jeder andre hatte leisten können, zählten ja nicht. Nun aber sollte es ernst werden, ein richtiger Kampf mit richtigen Waffen, und ich fühlte mein Herz klopfen, und plötzlich mußte ich denken, was man wohl fühlen möge, wenn einem ein Messer durch die Rippen fuhr. Mein Schritt wurde zögernder; ich dachte jetzt nicht mehr an das Messer, ich sah es, es blitzte, und als ich kurz vor der Turnhalle bei Ferdl, einem ambulanten Wursthändler, vorbeikam, dachte ich sogar daran, mich still in eine Nebengasse zu verdrükken; doch dann schalt ich mich aus und lief schnell in die Halle hinein.

Zwei Posten vorm Tor, im Korridor Wachen; Parole: Deutschland; die Posten traten zur Seite, das Tor schlug hinter mir zu. Nun gab es kein Zurück mehr, und hier, unter den Kameraden, verwandelte sich meine Angst jäh in Gier, bald im Kampf zu stehen. Es war düster in der Halle: Die Fenster waren vom Boden bis zum Giebel mit Sandsäcken und Sprungmatten verbarrikadiert, und nur durch ein Oberfenster im flachen Dach fiel ein Streifen Lichts in den riesigen Raum. Ich sah mich nach einem Führer um, bei dem ich mich melden könnte, und an Führern, so sah ich, war kein Mangel; sie trugen Armbinden mit der Siegrune und eilten geschäftig hin und her, schickten Spähposten auf das flache Dach, stellten Gruppen, Züge und Kompanien zusammen und gaben Keulen, Eisenhanteln und andere Gymnastikgeräte als Waffen aus. Ich empfing eine Keule aus schwerem braunem Eichenholz, eine lange gezogene Keule mit griffigem Kopf und wuchtigem Rumpf: Ich sehe sie noch genau vor mir und weiß, daß ich sie zur Probe wirbelnd aus dem Handgelenk schwang. »Die haben auch Revolver!« flüsterte mein Nebenmann und deutete mit dem Kinn nach den Führern. »Stillgestanden!« schrie ein stämmiger Mann. Unsre Hacken knallten zusammen. Es wird ernst; jetzt wird es ernst, dachte ich und stand still und dachte, wie der Feind bald zur Türe hereinstürmen würde, der furchtbare Feind, der bolschewistische Mob: Er würde zur Türe hereinstürmen, und dann würde das Alarmkommando gellen und der Kampf beginnen, ein richtiger Kampf, kein Kriegsspiel mehr, ein richtiger Kampf für Deutschland, und ich wog die Keule in der Hand, und die Kameraden standen neben mir in Tuchfühlung. Der stämmige Mann sprach von unserer Treue zum Führer und vom Recht der Deutschen auf Selbstbestimmung, und dann rief er: »Sieg oder Tod!«, und wir riefen das im Sprechchor nach. Dann traten wir weg; die Kompanie, zu der ich gehörte, alles junge Burschen meines Alters, hatte die Anweisung bekommen, als Reserve in den Geräteraum zu gehen und dort auf Befehle zu warten. Wir gingen in den Geräteraum und setzten uns hin, die Waffen griffbereit neben uns; eine Weile herrschte ratloses Schweigen, dann sagte einer, daß die Roten nur kommen sollten, wir wollten es ihnen aber schon tüchtig zeigen. Und dann überschrien wir einander, daß wir es den Roten aber schon tüchtig zeigen würden, wenn sie kämen. Einer schrie schrill, sie würden sich gar nicht getraun zu kommen, die Roten, und wir schrien, und dann begann einer einen Witz zu erzählen, und wir erzählten einander alle Zoten und Witze, die wir schon längst kannten, und wir lachten auch darüber, und das Lachen klang, wie das Schreien vorhin, über die Maßen laut. Dann waren alle Witze erzählt, und dann saßen wir wieder stumm da und warteten auf den Feind, doch der Feind kam nicht; wir saßen und warteten; der Feind kam nicht, die Gespräche zerbröckelten, aus dem Lachen wurde Gemurr. Die Zeit stand still; der Feind kam und kam nicht. An seiner Stelle kam etwas Entsetzliches: die Langeweile.

Wie spät es schon war, als die Langeweile kam, das weiß ich jetzt nicht mehr, doch glaube ich, daß seit meinem Eintreffen in der Turnhalle bis zum Einbruch der Langeweile nicht viel Zeit verstrichen war. Es war sicher noch früh am Tag, als die Langeweile in den düstren, kaum erhellten Geräteraum kam, und sie kam körperlich greifbar, ein muffiger, langsam dahinwallender Brodem, der uns umkroch und träg sich lagerte: Sie war kein psychisches, sie war ein rein physisches Produkt, von einem vielköpfigen Menschenhaufen abgesondert wie Schweiß oder verbrauchte Luft. Wir warteten, und dieses Warten brütete die Langeweile aus: Wir hatten den Auftrag zu warten, und so warteten wir, ohne etwas andres zu tun, und es wäre mir unvorstellbar gewesen, jetzt etwa ein Buch aus der Tasche zu nehmen und zu lesen oder ein Kreuzworträtsel zu raten oder mit einem Freund ein Gespräch über ein geistiges Thema zu beginnen oder zu dösen oder gar zu schlafen: All dies wäre mir irgendwie zersetzend vorgekommen, unernst und unheldisch, dem Pathos unsres Einsatzes nicht angemessen. So wie ich mußten wohl die andren auch empfinden, denn alle saßen wir so und warteten, und die Langeweile wogte träg um uns her. Die Lider wurden mir schwer, und mein Kopf sackte vornüber; einen Augenblick lang nickte ich ein, dann riß ich mich, beschämt, wieder hoch. Da und dort fiel ein Kopf vornüber und fuhr wieder hoch, und so saßen wir und lauschten in wachsender Verzweiflung, ob nicht endlich der Alarmruf käme, der erlösende Alarmruf, der uns in den Kampf schleudern würde; doch der Alarmruf kam nicht. Verdösenden Augs stierten wir einander an. Es war düster im Raum, und die Luft war stickig. Der Feind kam nicht. Dann aber kam, langsam, doch mit wachsender Wucht, der Hunger.

Wir pflegten uns sonst immer in der großen Pause beim Schuldiener warme Würstel und Salzstangen zu kaufen. So hatte kaum einer Brote bei sich, und die hatte er bald verzehrt. Uns andern knurrte der Magen. Schließlich machte sich der Kompanieführer auf den Weg zum Stab, um das Proviantproblem vorzutragen. Er kam bald wieder zurück und berichtete, die Kompanie solle einen Stoßtrupp aus Freiwilligen bilden, welcher sich bis zum Wurst-Ferdl am Ende der Straße durchzuschlagen, dort Krenwürstel, Semmeln und Bier einzukaufen und die Beute zur Turnhalle zurückzutransportieren habe. Die anderen Kompanien, so sagte der Kompanieführer und schritt dabei auf und ab, würden ähnliche Stoßtrupps ausschicken; diese Truppenbewegung müsse jedoch schnell vor sich gehen, um die Verteidigungskraft der Turnhallenbesatzung nicht zu lange zu schwächen. Es sei sehr wohl möglich, sagte der Kompanieführer, daß der Feind die vorübergehende Schwächung, falls er sie erkenne, ausnützen würde, um die Turnhalle anzugreifen; die einzelnen Stoßtrupps sollten daher, um keinen Verdacht zu erregen, sich in größeren Abständen voneinander bewegen, auch dürften sie nicht erkennen lassen, daß sie einander kannten. Wir fragten, ob Waffen mitgenommen werden sollten, und der Kompanieführer verneinte. Waffen sollen nicht mitgenommen werden, sagte er, zum Schutz vor plötzlichen Angriffen der Roten seien jedoch zwei Sicherungsflügel zu bilden, die aber aus Tarngründen ebenfalls keine Waffen tragen sollten. »Wer meldet sich freiwillig?« fragte der Kompanieführer. Ich sprang auf und meldete mich ungestüm; viele sprangen gleich mir auf und meldeten sich, doch ich hatte Glück, ich stand in der Nähe des Kompanieführers und wurde dem rechten Sicherungsflügel des Stoßtrupps zugeteilt. Führer des Stoßtrupps und des ganzen Unternehmens war mein Freund Karli. Wir versammelten uns in der Halle, und Karli gab uns die letzten Instruktionen: Wir würden, um den Feind zu täuschen, nicht direkt zum Wurst-Ferdl hinunter, sondern zunächst die Straße in entgegengesetzter Richtung hinaufgehen, dann in eine Quergasse einbiegen, die Parallelstraße wieder hinuntergehen, schließlich würden wir durch eine Passage den Wagen Wurst-Ferdls erreichen, in unauffälligen Abständen hintereinander einkaufen und auf dem gleichen Weg zur Turnhalle zurückkehren. »Alles klar?« fragte Karli. Wir nickten. Wir gingen durch die Halle; Posten an der Tür, Wachen im Korridor, Posten am Tor, Knüppel und Eisenschlegel, Parole: »Deutschland!« Das Tor öffnete sich einen Spalt. Wir huschten hinaus. Das Licht des Mittags machte uns blinzeln. Vor uns lag, im Licht des Mittags, die Stadt, die wir seit Jahren kannten. Wir blinzelten. So hatten wir die Stadt noch nie gesehen.

So hatten wir die Stadt noch nie gesehen, und sie sah doch aus wie immer: Die Laubengänge mit den Gemüseständen, um die sich nun, zur Mittagszeit, nicht mehr der Schwarm der Hausfrauen mit Taschen und Körben drängte; Kinder schleppten Bierkrüge aus dem Wirtshaus, Katzen sonnten sich im Rinnstein, der Bettler am Straßeneck sang seine Litanei, im Café die Männer umstanden die Billard- und Tarockpartien, ein Tageshürchen schminkte sich die Lippen, Zeitungshändler schrien ihre Ware aus, die Glasscheiben des Bata-Geschäfts, hinter denen der elegante bürstenblonde Verkäufer auf und ab ging, glitzerten in der Sonne, Reklame für Shell-Oil und Stollwerckbonbons schrien von der Fassade: Die Stadt lag im milden Licht des Mittags, der Nebel war verflogen, die Stadt sah aus wie immer, auch die Barrikade am Marktplatz änderte wenig an ihrem vertrauten Bild. Und doch war sie nicht mehr die Stadt, die wir kannten: Sie war Feindgebiet, grau, in den Häusern Schießscharten und Heckenschützen dahinter, irgendwo lauernd der Feind, die Lauben gespenstisch, das Niemandsland! Wir huschten, Sicherungsflügel und Stoßtrupp, die Straße hinauf, und alles kam mir schemenhaft vor. Wir waren im Krieg, wir waren im Einsatz, ich war kein Gymnasiast mehr, ich war zweiter Mann im rechten Sicherungsflügel des Proviantbeschaffungsstoßtrupps der Reservekompanie. Es wäre, hätte ich einen Revolver besessen, mein gutes Recht gewesen, jeden Feind abzuknallen, jeden Roten, jeden Bolschewiken wie dort den jungen Mann, der ein Extrablatt der »Roten Fahne« ausrief; wir waren im Kampf, und wir huschten, Schemen, durch die Straßen: Wir waren im Einsatz, wir handelten auf Befehl, wir stießen durchs Feindgebiet vor. So gingen wir, das fünfköpfige Einkaufskommando in der Mitte, die dreiköpfigen Sicherungsflügel links und rechts, ganz unauffällig die Straße hinauf, bogen ohne besondere Vorkommnisse ab, drängten uns durch den Strom der Arbeiter, die, Deutsche wie Tschechen, von der Frühschicht kamen, die Parallelstraße wieder hinunter, durchquerten, Mann an Mann, die Passage und kauften in unauffälligem Abstand je zwanzig Paar Würstel mit Semmeln und Bier. »Habt ihr heut Übung, ihr seid's schon die dritten, die nach Würsteln kommen?« fragte Wurst-Ferdl und strahlte uns an. Wir verzogen keine Miene.

»Die andern, die gekommen sind, die sind nicht von uns«, sagte Karli, der Stoßtruppführer, geistesgegenwärtig. Die Straße herab kam der vierte Trupp. »Versteh schon!« sagte Wurst-Ferdl und zwinkerte mit den Augenlidern. Der vierte Stoßtrupp hatte den Stand erreicht. Wir kannten einander nicht. »Zwanzig Paar Würstel mit Semmeln und Bier«, sagte der Truppführer des vierten Stoßtrupps. Wurst-Ferdl grinste. Unser Stoßtrupp nahm Würstel, Semmeln und Bier und schritt mit undurchdringlicher Miene der Passage zu, durchquerte sie, ging, nun im Strom der Arbeiter, die Parallelstraße hinauf, bog ab, schritt die Hauptstraße hinunter, vorbei an den Buden am Markt und dem Café mit seinen Tarockspielern und Tageshürchen und der Reklame für Shell-Oil; Karli, der Stoßtruppführer, pochte dreimal kurz und einmal lang mit der Faust gegen das Tor; das Tor tat sich einen Spaltbreit auf; Doppelposten, Parole: »Deutschland!«, wir huschten hinein, Wachen im Korridor, Posten an der Tür, Knüppel und Keulen; die Halle; Düsternis, wir waren zurückgekehrt. Im Geräteraum setzte der Stoßtrupp die Krenwürstel ab, und Karli meldete dem Kompanieführer die Ausführung des Befehls. »Keine besonderen Vorkommnisse!« so schloß Karli seine Meldung. »Alles antreten zum Essenempfang!« befahl der Kompanieführer. Dann kauten wir. Und dann kam wieder die Langeweile.

Unmöglich, diesen Nachmittag zu beschreiben: Den schlammig sich hinwälzenden Lauf der Stunden, von denen jede Minute eine Ewigkeit schien, die trüben Blasen der Obszönitäten, die in den Hirnen aufquollen und träg zerplatzten, das pfeifende Schnarchen des Geistes, der sauerschale Bierdunst, die Öde der Freiübungen, die wir von Zeit zu Zeit in Gruppen vollzogen und die doch nur den Brodem der Langeweile aufwirbeln machten. Die Zeit rann wie stokkender Talg; ihr Geschmack lag uns fad im Rachen. Kein Feind; die Wache patrouillierte nebenan auf dem Korridor, wir hörten ihre Schritte klappern und stöhnten in die verdöste Zeit und hörten die Schritte auf dem Korridor klappern. Da brauste plötzlich ein Ruf vom Dach herunter wie ein Donnerhall: Der Dachposten schrie es dem Melder zu und der Melder der Korridorwache, und wir hörten die Korridorwache »Alarm!« schreien und griffen zu unsern Waffen und stürzten in die Halle.

Der stämmige Mann stand in der Halle und schrie: »Alarm!«, und wir rannten durcheinander und stellten uns in Reih und Glied, und kaum waren wir aufgestellt, da war es auch schon geschehen: An den Türposten vorbei und mit den Reihen der Korridorwachen in die Halle hinein kam ein tschechischer Polizeileutnant geschritten, ein kleiner drahtiger Mann, dem zwei ältere Polizisten folgten. Wir preßten die Fäuste um die Waffen und bebten vor Kampfeseifer, und der stämmige Mann trat vor und ging, die Eisenhantel in Händen wägend, dem tschechischen Leutnant entgegen, und der tschechische Leutnant führte die Hand zum Käppi und sagte: »Scheen gut'n Abend winsch ich den Härschaften«, und der stämmige Mann hob die Eisenhantel vor die Brust. Ich zitterte.

»Was belieben die Härschaften da zu machen?« fragte der Leutnant.

»Wir turnen«, sagte der stämmige Mann heiser. Ich fühlte das Blut in den Schläfen pochen; jetzt mußte der Befehl zum Sprung auf den Feind kommen!

»Turnen iss gesund«, sagte der Leutnant und hob die linke Hand und strich mit der Rechten den Ärmelaufschlag zurück; »iss sehr gesund«, wiederholte er und schob den Ärmelaufschlag zurück. Dabei sagte er lächelnd ein drittes

Mal, daß Turnen sehr gesund sei und fügte, auf die Armbanduhr sehend, hinzu, daß er die Herrschaften nicht habe stören wollen und schon wieder gehen werde; er wolle nur, und er hielt dem stämmigen Mann die Uhr vor die Augen, darauf aufmerksam machen, daß es schon Viertel nach sieben sei, und um acht, nicht wahr, sei doch Polizeistunde, da doch der Belagerungszustand verhängt worden sei. Manche der Herrschaften dürften, so sagte er, vielleicht einen längeren Heimweg haben und sollten sich dann nicht so hetzen. Er schob den Ärmelaufschlag über die Uhr zurück, führte die Hand ans Käppi und wandte, im Umwenden sagend: »Gute Unterhaltung winsch ich den Härschaften noch«, sich um und ging, gemütlich, zur Tür hinaus. Die beiden Polizisten folgten ihm gemächlichen Schritts. Wir starrten einander an: Was sich soeben ereignet hatte, konnte nicht wahr gewesen sein. Das war doch eine Sinnestäuschung gewesen, ein Spuk, ein Phantom; wir starrten einander entgeistert und ratlos an, und dann starrten wir auf unsre Führer. Was dann weiter geschah, weiß ich nicht mehr genau; ich weiß nur, daß alles dann sehr schnell ging und daß der stämmige Mann etwas wie: »Auftrag erfüllt«, und: »Unser Tag kommt noch«, und: »Anschlag abgewehrt«, gesagt hatte. Dann weiß ich, daß ich die Keule wegwarf und schnell nach Hause lief, denn ich hatte einen weiten Heimweg.

Am nächsten Morgen hörten wir dann vom Deutschlandsender einen Bericht über die neue entsetzliche Bluttat des tschechisch-jüdisch-marxistischen Mordgesindels: Eine Horde vertierter Polizeisoldaten habe, so hörten wir, die Reichenberger Turnhalle gestürmt, sei dort über harmlose gymnastiktreibende Schulkinder hergefallen und habe, jedem Selbstbestimmungsrecht der Völker hohnsprechend, aufs unmenschlichste unter den Jugendlichen, die sich heldenhaft verteidigten, gewütet. Es habe Tote und zahlreiche Verletzte gegeben, meldete der Sender, Blut sei in Bächen über den Boden der Turnhalle geströmt; die Verzweiflungsschreie der Kinder hätten zum Himmel gehallt und sich mit dem gellenden Johlen des roten Mobs und den klaren Kommandostimmen der heldenhaften Verteidiger gemischt. Es sei für eine Großmacht wie das Deutsche Reich nicht mehr länger zu ertragen, diese Greueltaten an seinen Brüdern und Schwestern jenseits der Grenzen ruhig mit anzusehen. Ich hörte diesen Bericht, der mit dem Abspielen des Egerländer Marsches endete, zusammen mit Karli in meiner Studentenbude bei Frau Waclawek in der Gablonzer Straße; wir hörten diesen Bericht und wußten, daß jedes Wort erlogen war, und hörten ihn dennoch leuchtenden Auges, und es kam uns überhaupt nicht in den Sinn, diese Meldung Lüge zu nennen.

»Mensch, der versteht sich auf Propaganda, der kleine Goebbels«, sagte Karli, mein Stoßtruppführer, und boxte mich in die Rippen, »so eine Propaganda war ja noch nie da, das ist wirklich grandios!« Der Egerländer Marsch schmetterte. Kein anderes Land als das Reich könne so eine grandiose Propaganda aufziehen, sagte Karli, und ich nickte. Er hatte ja recht.

Wenige Tage später beschlossen in München die Regierungschefs Englands, Frankreichs, Italiens und Deutschlands die Zerstückelung der Tschechoslowakei.

Die Schöpfung

> »Und Gott sprach: Lasset uns Menschen machen, ein Bild, das uns gleich sei, die da herrschen über die Fische im Meer und über die Vögel unter dem Himmel und über das Vieh und über die ganze Erde und über alles Gewürm, das auf Erden kriecht.
> Und Gott schuf den Menschen ihm zum Bilde, zum Bilde Gottes schuf er ihn und schuf sie, einen Mann und ein Weib.
> Und Gott sah alles an, was er gemacht hatte, und siehe da, es war sehr gut. Da ward aus Abend und Morgen der sechste Tag.«
>
> *Das Erste Buch Mose*

Ein junger Soldat, Ferdinand W., der unmittelbar nach seinem mit »gut« bestandenen, von den Fanfarenstößen der Siege in Griechenland und Jugoslawien überhallten Abitur zu den Waffen (die sich vorerst als Spaten erweisen sollten) gerufen worden war, hatte die harte Lehrzeit des Arbeitsdienstes beim Deichbau in den baltischen Sümpfen und der Rekrutenausbildung in einem Nachrichtenersatzbataillon bei Dresden glücklich hinter sich gebracht und fuhr nun, den Stahlhelmriemen fest angezogen und die Faust um den Karabiner gepreßt, seinem ersten Einsatz entgegen. Er war zwanzig Jahre, mittelgroß, grad gewachsen; sein volles braunes Haar war, wie in der Wehrmacht üblich, kurz geschoren und gescheitelt, was ihm jedoch nicht übel stand; die graublauen Augen blickten frisch, die Stirn war frei, die nach innen gewölbten Schläfen zum Jochbogen kantig geschnitten; das sanfte Kinn und die vollen Lippen jedoch gaben seinem Gesicht selbst unter dem Stahlhelm etwas Weiches und Träumerisches. W.'s Vater war Arzt in einem mitteldeutschen Städtchen, und auch der Sohn wollte Arzt werden, allerdings nicht in der väterlichen Praxis, sondern in einer bedeutenden Chirurgie. Er war in Breslau, wo er den berühmten Professor L. wirken wußte, immatrikuliert und hoffte, nach einem Jahr Kriegsdienst zum Antritt des Studiums beurlaubt zu werden. Sein Wahlspruch lautete: Per aspera ad astra; sein Lieblingsheld war der Alte Fritz. Er schrieb sich außer mit seinen Eltern und einem Freund vom Reichsarbeitsdienst, den es nach Nordrußland verschlagen hatte, mit einer Schulkameradin, die Inge hieß, blonde Zöpfe trug und sich einmal, nach der Abiturfeier, von ihm hatte küssen lassen. Er trieb gern, wenn auch nicht ausschweifend, Sport; am liebsten schwamm oder ruderte er in freien Gewässern; kurz vor dem Abitur hatte er noch seine Prüfung als Rettungsschwimmer abgelegt. Er war geselliger Natur, freigebig, kein Spielverderber und wegen seines gutmütig-naiven, selbst ein grobes Wort nicht verargenden Humors beliebt; er hatte auch leidlich Klavier spielen gelernt und unterhielt, wenn man ihn darum bat, eine fröhliche Runde ohne Sträuben mit dem Spielen von Märschen und Stimmungsliedern. Neben Kriminalromanen und Abenteuergeschichten, die seine Hauptlektüre bildeten, las er Novellen von Binding und Romane von Hans Carossa und, wenn er sich unbeobachtet glaubte, auch ein Gedicht. Zum Theaterbesuch hatte er wenig Gelegenheit gehabt und meist Operetten gesehen; ins Kino ging er ganz gern, Hans Albers fand er prima, Heinz Rühmann zum Schießen, von Brigitte Horney schwärmte er. In der Hitlerjugend hatte er es wegen seines Mutes und seiner Einsatzbereitschaft bei Geländespielen bis zum Kameradschaftsführer gebracht, obwohl er zu anderem Dienst, der ihn langweilte, nur ungern und unregelmäßig erschienen war. Seine weltanschauliche Einstellung und politische Haltung waren in seiner Personalakte als einwandfrei und fanatisch bezeichnet worden, der Nachweis arischer Abstammung war väterlicherseits bis zum Ausgang des achtzehnten, mütterlicherseits gar bis zur Mitte des siebzehnten Jahrhunderts lückenlos erbracht. Er war stolz darauf, Deutscher zu sein. Für den Führer, das Reich und die Rettung Europas vor dem Bolschewismus, den er sich als eine Art Zwangsherrschaft professioneller Verbrecher und arbeitsscheuer, blutgieriger Unmenschen vorstellte, war Ferdinand W. bereit, jederzeit freudig sein Leben hinzugeben, und nun fuhr er, nach dreizehn Jahren Schulbank, einem Jahr Deichbaus in den baltischen Sümpfen und einem halben Jahr Hetzens durch Sandwüsten und lange, stets blank gescheuerte, nach Schweiß, Kastanien und Stiefelwichse riechende Korridore und einer Reise über Prag, Wien, Belgrad, Thessaloniki und Athen seinem ersten Einsatz zu.

Es war der Morgen eines milden Maitages, als sie – drei Züge einer Funkerkompanie – in einem Hafen südlich von Delphi und östlich von Theben auf die Schnellboote zu warten begannen, die sie über den Golf von Korinth nach H., einer kleinen, nur auf Generalstabskarten verzeichneten Fischersiedlung an der Küste des Peloponnes, tragen sollten, wo es eine von der taktischen Führung dringend benötigte Funkstation aufzubauen galt. Zwar gab es für diesen Zweck günstiger gelegene Orte, doch H. war schließlich eines festen, kastellartigen Gebäudes wegen gewählt worden, das sich beherrschend über Hafen und Dorf erhob und darum für einen Stützpunkt am Rand eines solch unkontrollierbaren Partisanengebietes wie des Peloponnes besonders geeignet erschien. Natürlich wußte W. ebensowenig wie seine Kameraden von Ort und Art ihres Auftrages; Soldaten dürfen ja nie mehr wissen, als zur Erfüllung ihrer unmittelbaren Aufgabe nötig ist, und ihre unmittelbare Aufgabe lautete, hier im Hafen zu warten, bis Boote kamen. Sie wußten nicht einmal, daß es Schnellboote waren, auf die sie hier warteten. Sie wußten nur, daß sie zu warten hatten, und so saßen sie, rauchend, dösend, skatspielend, ein Stück Brot kauend, auf ihren Tornistern und sahen schon nicht mehr auf die See hinaus. Es waren meist ältere Leute. Sie hatten in langen Dienstjahren warten gelernt, und also warteten sie. Manche schliefen im Sitzen, den Kopf in die Hände gestützt. Es war windstill und warm, und nur am Nordrand des Himmels zeigte sich der Saum einer Wolke, die langsam wuchs. Das Meer lag glatt, bis auf die winzigen Wellen, die unhörbar an den grauen Stein der Mole schaukelten und dort in einem silbernen Glitzern zerschellten.

Der Abend kam, eine Kaltverpflegung wurde ausgegeben und dazu gesüßter Tee. Das Hundegebell, das den Tag durchlärmt hatte, war verstummt; der Horizont, ein Fischernetz, triefend voll Finsternis, schon über das Molenende gezogen, und nur ein kleines unruhiges Feuer brannte fern am Strand, da endlich nahten die Schnellboote. W. war eingenickt; er hatte den langen Tag in fiebernder Erregung verbracht, wenngleich er es sich nicht hatte anmerken lassen und bestrebt gewesen war, gleichgültig und gelassen wie die Kameraden, die ja schon viele Länder gesehen und viele Fahrten erlebt und viele Einsätze durchgestanden hatten, auf seinem Tornister zu hocken, in einer Zeitschrift zu blättern oder bei einer Skatrunde zu kiebitzen und von Zeit zu Zeit einen Witz zu reißen. Er war erregt gewesen, es war ja sein erster Einsatz, seine erste Bewährungsprobe im größten Krieg, den die Menschheit je ausgefochten, im Schicksalskampf, der um Sein oder Nichtsein des Abendlandes ging! Er war erregt gewesen; er hatte auf seinem Tornister gehockt und eine zerfledderte Zeitschrift auf den Knien gehalten, und während er den Anschein, er lese darin, durch gelegentliches Umblättern zu wahren suchte, hatte er sich, die Zeilen mit unaufmerksamen Blicken durchgleitend, ausgemalt, wie sie übers Meer setzen und, mit federndem Absprung aus den Schiffen sich schnellend, an Land stürmen würden, hinein in den Feind, der da in den Schründen und Schluchten auf schrecklicher Lauer lag; er hatte an den Feind gedacht und schon den Fels gefühlt, an den er sich schmiegen würde, er hatte heißen Rauch und Staub geschmeckt und Kugeln schwirren und Signalpfeifen gellen hören; er hatte Gefahr und Tod gerochen wie den Dunst von Schierling und sich, wie einst bei den Geländespielen, von Deckung zu Deckung vorwärts dringen gesehen, granatenumsaust und von Feuerstößen überflogen; er hatte auf dem Tornister gehockt und blicklos in seiner Zeitschrift geblättert und von Stürmen und

Siegen geträumt, und als die Träume sich schließlich erschöpft hatten und schal geworden waren wie das Wasser in der Feldflasche und der junge Soldat gedacht hatte, der Mittag sei nah, da war kaum eine Stunde verstrichen und sein Schatten auf der Kaimauer noch immer lang.

So war denn der Tag qualvoll langsam vergangen, und zum Abend, da die Wolke den Himmel zur Gänze füllte, war der junge Soldat schließlich eingenickt, doch nun, da er im Schnellboot saß und das Klatschen der Bugwellen hörte und das vom Kiel zerschnittene Meer tiefgrün und silbern im Scheinwerferlicht aufwallen sah, als siede die Finsternis, preßte er den Stahlhelm tiefer in die Stirn und nahm das Gewehr, das die Kameraden lässig zwischen die Knie geklemmt hatten, mit festerem Griff. Die Männer neben ihm schliefen; der junge Soldat war hellwach. Um ihn war undurchdringliche Nacht; die Scheinwerfer waren abgeschaltet, und die Wolke verdeckte alle Sterne, so daß der Himmel ungeschieden vom dunklen Wasser lag und das Boot, in gleichmäßiger Schnelle die ungeheure Wüste der Schwärze durchschneidend, zu schweben schien. Das scharfe Brausen des Motors strich, ein gewaltiger Atem, über die Ödnis, und als der junge Soldat so dasaß, erschauernd in sausender Finsternis und träumend dem Einsatz entgegenfiebernd, kam ihm plötzlich ein lang nicht mehr vernommenes Wort ins Gedächtnis: Und die Erde war wüst und leer, und der Geist Gottes schwebte über dem Wasser ...

Nicht daß der junge Soldat sonderlich fromm gewesen wäre ... Er glaubte an Gott so, wie es die jungen Menschen seines Alters und Herkommens, die am Koppelschloß das Wort »Gott mit uns« tragen, eben tun: problemlos und gewohnheitsmäßig, und es war kein religiöses Gefühl, das ihm diese Verse in den Sinn gebracht hatte: er entsann sich ihrer, da sie ihm einzig gemäß schienen, das Gefühl auszudrücken, das ihn ganz erfüllte und das sein Herz aufzusprengen drohte: das Gefühl, Herr dieser Erde, ja noch mehr: Erwecker, Erschaffer, Erlöser eines Urlands zu sein, das noch ganz unentmischt, ein Chaos aus Finsternis, Schlaf und trägem Dauern, vor ihnen lag und ihrer harrte, ihrer, ihres Anrufs und Blicks! Er trank die Meerluft wie Wein; ihr jodiges Salz brannte auf seinem Gaumen und in seinen Nüstern; er fühlte das Metall der Waffe in seiner Hand, als ob es ein Zepter der Allmacht wäre, und hörte es über den Wassern brausen, und überwältigt begriff er die Stunde, die ihn trug! Die Zeit, so wußte er jählings, schwang herum; der Lauf der Geschichte wandte sich wieder zum Ursprung; ein neues Jahrzehntausend dämmerte herauf, da ein Schöpfervolk, kühner als Wikinger und Argonauten, endlich seine Ketten gesprengt und, seiner Sendung wie einer Offenbarung inne, angetreten war, die alte Ordnung der Welt mit Waffengewalt zu zerstören und, über ihren Trümmern sein gewaltiges »Werde!« sprechend, das neue, lichte, herrliche Reich zu erbauen, das in die fernste Zukunft ragen sollte, das Reich des Führers, die Trutzburg Europas, die Kaiserkrone des Planeten, in der auch dies dumpfe Land, zu dem sie fuhren, einst als ein Edelstein funkeln sollte! Es war die Schöpfung, zu der sie aufgebrochen waren, die Schöpfung einer neuen Welt und eines neuen Äons, und dies war ihr erster Tag.

Es war die Schöpfung, und sie vollzog sich ganz wie im Heiligen Buch. Himmel und Wasser glitten voneinander, da es Licht ward; das feste Blau des Gewölbes schied Wolke und Meer, und als das letzte Nachtgrau verweht war, dämmerte, blaß zwischen Himmel und See, das Land herauf. Es war ungestaltet, das Land, das vom Wasser sich abhob, erst Hauch, dann gerinnende Feste und schließlich Stein. Ein steinernes Land, Urgestein, aus Stein Kai und Mole, und grober Stein auch der schräg ansteigende Markt; Stein die Gassen und Stein die Katen, Stein das Kastell auf dem Hügel und Stein der Karst. Es war nackt und wüst, dieses Land, das nun schnell emporwuchs; nicht Baum noch Strauch war zu sehen, kein Hund, keine streunende Katze, nicht einmal ein Geier. Licht, Himmel, Wasser, Stein und Schweigen: da ward aus Abend und Morgen der andere Tag ...

Die Soldaten sammelten sich vor dem Hafen, die Schnellboote brausten zurück, und die Soldaten marschierten über den Markt zum Kastell. Sie marschierten durch leere Straßen; kein Laut, kein Gruß, nicht Brot noch Salz, nicht einmal Haß empfing sie: das Dorf lag verlassen, als hätte es nie einen Menschen beherbergt, und auch das Kastell, ein Würfel mit flachem Dach, gezinnter Hofmauer und schmalen Fensterschlitzen, war unbehaust. Das Tor stand flügellos mit leeren Angeln; die kahlen Räume ohne jedes Möbelstück; kein Nagel stak zwischen den Fugen, und durch die offenen Fensterscharten scholl das Klatschen des nahen, nun ein wenig vom Wind gestachelten Meeres. So schritten die Soldaten denn, gereiht, wie es sich gehörte, durch leere Gänge und blickten ins Leere kellerähnlicher Gemächer und Gewölbe und freuten sich, je weiter sie schritten, immer mehr dieses so trotzigen und sicher bald auch wohnlich anmutenden Quartiers, doch als sie den größten Raum, eine Art Kasematte im Zentrum des Baus, die zum Mannschaftsquartier vorbestimmt war, betreten wollten, schraken sie entsetzt zurück. Unflätiger Gestank schlug ihnen entgegen: offenbar waren sämtliche Dungfässer und Senkgruben des Dorfes von den geflohenen Fischern, die vom Nahen der Soldaten unterrichtet sein mußten, hier ausgeleert worden, um unmißverständlich zu bekunden, welcher Willkomm den Eindringlingen zugedacht war. Die flachen Mulden des Mergelbodens – denn der Boden der alten Festung war gefurcht und zermuldet –, sie schwappten vor Unrat, so daß ein kleines Kommando zunächst darangehen mußte, die Kasematte auszuspülen, just so, als solle sich der Schöpfungsbericht der Bibel exakt erfüllen, der in seinem anderen, älteren Quellen entstammenden Kapitel von einem unentbehrlichen Regen auf die nackte steinharte Erde spricht, oder besser noch: als sollten die Erbauer des Reiches mit eigener Hand wiederholen, was im Morgengrauen ohne ihr Zutun geschehen war: die Scheidung des Trocknen von dem Nassen, die Schöpfung bewohnbaren festen Landes. Es waren fünf Mann, die zu dieser Arbeit bestimmt wurden, und Ferdinand W. gehörte zu ihnen; er war als künftiger Student der Medizin, obwohl er von dieser Wissenschaft durchaus nicht mehr verstand als irgendeiner seiner Kameraden, zu einer Art Sanitätshelfer der Funkstation ernannt worden, und so begann denn der Einsatz, den er sich in so glühenden Farben als stürmendes Heldentum ausgemalt hatte, mit einer widrigen Arbeit, und das verdroß ihn. Wie die Tiere, dachte er angeekelt, wie die Tiere, nein, schlimmer als Vieh führt sich das auf! Auch kam er, da das Ausräumen der Kloake Stunden erforderte, nicht mehr dazu, mit den anderen, glücklicheren Kameraden das verlassene Dorf nach Einrichtungsgegenständen und Schlachtvieh zu durchstreifen und sich dabei wenigstens eine Trophäe als Andenken an den ersten Einsatz in die Tasche zu stecken, und das steigerte seinen Verdruß dermaßen, daß er gar nicht wahrnahm, wie seine nächtliche Vision von der Schöpfung getreu nach der Schrift sich verwirklichte. Das öde Kastell füllte sich mit dem Holz von Bänken, Stühlen, Tischen und Truhen; das Farngrün, Weinrot, Nußbraun und Moosgrau der Zeltplanen überwucherte wie Gras und Kraut und Frucht den kahlen Boden, und wilde Blumen auf Teppichen und Tüchern lohten von den Wänden, eine jegliche nach ihrer Art. Indes war auch ein Dynamo im Hof aufgestellt; Kabel zogen sich lianengleich die Mauern empor und verzweigten sich in alle Gemächer; Lichter wurden an die Decken gehängt und zwei Scheinwerfer, ein großer und ein kleiner, auf das flache Dach montiert; der Dynamo schnurrte zur Probe, und Sterne blitzten von den Gewölben, und die Scheinwerferscheiben sandten, blendend die große und in mildem Silber die kleine, ihre Lichter nach den Bergen, um Zeichen und Zeugnis zu geben vom Werden der neuen Welt. Der Wind erregte das Meer; vom Hafen herauf kam ein Korb voll schuppiger Leiber, in deren Gewimmel ein schwarzblauer Thun wie ein Walfisch groß lag; Hühner erschienen im Hof, gefiederte Wesen, und nun führte man auch Vieh herein, einen Hammel, Schafe,

Lämmer, zwei Ziegen, und so ward zwischen Morgen und Abend der fünfte Tag!

Es war die Schöpfung: Das Trockene war von dem Nassen geschieden, die Lichter gesetzt, die Pflanzen erkeimt und die Tiere erschienen; der fünfte Tag war vollendet, und die Schöpfer sahen voll Stolz, daß es gut war. Da endlich war auch W. mit seiner hygienischen Aufgabe fertig geworden und bekam, nachdem er sich mit Seife und Sand den Kotgestank vom Leibe geschrubbt und sich so wieder menschlich gemacht hatte, den Befehl, sich einem Trupp einzureihn, der das Dorf, das sich beim ersten flüchtigen Streif- und Raubzug als gänzlich entvölkert erwiesen hatte, noch einmal Haus um Haus durchzukämmen und ausnahmslos jede dort aufgefundene Person als partisanenverdächtig ins Kastell zu führen hatte, denn wer, so sagte der Kommandant, ein gutes Gewissen habe, brauche sich nicht zu verstecken, und gar vor seinem Beschützer und Freund! Das hätte uns auch eher einfallen sollen, dann hätten diese Kerle mit eigenen Händen ihren Mist ausräumen können! dachte W. und trat auf die Straße, nach Menschen zu suchen. Er blinzelte; es war Mittag geworden, und das Sonnenlicht, vom Glimmer und Granit der Straßen und Häuser vieltausendfach gespiegelt und gebrochen, lag lastend und flirrend zugleich auf dem Land, ein ungeheurer Glasberg aus greller, blitzender Hitze, deren Anhauch und Glanz so stechend war, daß er selbst durchs geschlossene Augenlid drang. W. blinzelte und beschattete die Augen mit der flach gestreckten Linken; der Truppführer, ein Unteroffizier, wies ihm ein einzeln stehendes, ein wenig abseits gelegenes Haus zu; W. nahm sein Gewehr von der Schulter, kniff die nunmehr schutzlosen Augen zu einem schmalen Spalt zusammen, lud, sicherte, wollte das Gewehr wieder um die Schulter hängen, behielt es aber, da seine Augen das Licht zu ertragen begannen, im Griff der Rechten, rückte mit der Linken die Patronentasche zurecht, verließ die Straße, stieß mit dem Knie die angelehnte, schloßlose, langsam hinter ihm wieder zurückschwingende Tür auf und betrat, alle Fibern vor Erwartung spannend, das Haus, das nicht größer als eine Stallung war. Er mußte sich bücken, die Tür war niedrig, und der Raum, in den sie führte, erlaubte ihm gerade, aufrecht zu stehen. Es war wohl der einzige Raum des Hauses; die Wand war roh behauener Felsstein; die lukenartige, rahmenlose Fensterhöhle mit einer Bocksblase abgedichtet; die Decke rauchgeschwärzt. Es war düster in diesem Verlies, und es dauerte eine Weile, bis W. erkennen konnte, daß sich im Hintergrund eine offene Feuerstelle und seitlich von ihr etwas Dunkles, Niedriges, wohl eine flache Nische befand. Sonst schien der Raum leer, am Boden verstreut lagen Hühnerfedern; es roch nach Zwiebeln, Ziegen und Rauch. Der junge Soldat schüttelte sich. Wie die Tiere! so dachte er ein zweites Mal, wie können Menschen denn bloß so hausen! Er mußte an die hellen, sauberen Häuser in Deutschland denken; er sah sein Vaterhaus, Parkett und Teppich, den Blüthnerflügel, die Klubsessel und alle Fensterscheiben blinkend und blitzend hinter Gardinen und Stores; er dachte an die anheimelnden, von roten Rosen umsäumten und mit Schnitzereien an Giebel und First verzierten Fischerhäuser an Deutschlands Küste, die er gesehen hatte, als er zum Arbeitsdienst an die Memel gefahren war; er dachte daran, wie schmuck und wohnlich sie sogar ihre Baracken dort eingerichtet hatten, ein Flecken deutschen Gemüts in Heide und Sumpf wie hier bald das Kastell im roten Karst; er dachte an das strahlende Reich, das sie schufen, und stand in dem Steingemach, das zugleich ein Stall war, und starrte die schwarzgerußte Decke und die Hühnerfedern und die Bocksblase an und schüttelte in verständnisloser Verachtung den Kopf und wollte gerade den Boden mit dem Gewehrkolben abklopfen, um ein mögliches Kellerversteck zu erkunden, da hörte er von der Feuerstelle her einen dumpfen, trockenen Laut. Er sprang an die Tür zurück, riß das Gewehr an die Hüfte und schlug den Sicherungshebel herum, da sah er, daß neben der Herdstelle, dort, wo er eine

Nische vermutet hatte, eine schwarze Gestalt am Boden lag. Der Laut erscholl ein zweites Mal, es war ein kurzer, gepreßter, ein wenig ächzender Hustenstoß, und nun, da sich die Augen des jungen Soldaten wieder an das Dämmerlicht gewöhnt hatten, erkannten sie nahe dem Herd eine alte Frau. Sie lag, als ob sie friere, dergestalt in ein schwarzes Gewand oder Tuch gehüllt, daß nur die Mundpartie zu sehen war, und rührte sich nicht und hustete ein drittes Mal. Der junge Soldat drehte, beruhigt und enttäuscht zugleich, den Sicherungsflügel wieder nach rechts, ließ den Arm mit dem Gewehr ein wenig sinken, hielt aber den Finger am Abzug und ging auf die Liegende zu. »He, Alte, aufstehn, zum Kommandanten!« rief er beinah freundlich, da sah er, daß sie mit Lippen und Kinn in einem Fladen des eigenen Auswurfs lag. Unwillkürlich fuhr er zurück und rief, die Mundwinkel verziehend und die Oberlippe schürzend: »Pfui Teufel!«, dann wiederholte er, etwas barscher, seine Aufforderung und wies mit einer heftigen Kopfbewegung nach der Tür. Die alte Frau rührte sich nicht; sie hustete auch nicht mehr. Der junge Soldat wurde ärgerlich; er hatte keine Lust, sich lang mit einem alten Weib aufzuhalten; er wollte weiter, und auch kam ihm der Gedanke von einer Falle, die man ihm da gestellt haben könnte; es war ihm nicht ganz geheuer in der Höhle, und so schrie er denn heftig: »He, Alte, auf!«, und er stampfte mit dem Stiefel auf den Stein. Die alte Frau drehte mühsam den Kopf hoch; sie stützte, da sie ihn hochdrehte, die rechte Wange mit den spitzen Fingern der Linken, und sie mußte wohl erraten haben, was der junge Soldat von ihr wollte, denn sie wies mit dem Kinn und dem Blick der wasserhellen Augen auf den Auswurffladen und sprach mit zitternden Lippen ein Wort, das unhörbar blieb, das aber der junge Soldat ohnehin nicht verstanden hätte, dann ließ sie den Kopf wieder sinken, versuchte, ihn – was der junge Soldat nicht wahrnahm – mit den Fingern der linken Hand ein wenig zur Seite zu drücken, vermochte es aber nicht und lag wie zuvor. Wie ein Tier! dachte der junge Soldat ein drittes Mal, und er hätte zu anderer Zeit und an anderem Ort wohl zuerst gedacht, daß die alte Frau krank sei und deshalb nicht aufstehen könne, doch da er ja endlich den Befehl des Kommandanten, der keine Ausnahme gelten ließ, vollstrecken mußte und ihm doch ein Anflug von Scham kam, dachte der junge Soldat mit wachsendem Grimm, daß die Alte ihr Leiden ausnütze und übertreibe, doch er sie durchschaue; er dachte, daß es seine soldatische Pflicht sei, ihren Ungehorsam zu brechen und ihr zu zeigen, wer hier der Herr war, und da er die Alte so widersetzlich fand und da ihr ein Speichelfaden über das Kinn lief und da der Ärger ob der stinkenden Arbeit, die er doch einzig den Bewohnern solcher Ställe verdankt hatte, noch nicht verwunden war und weil doch das Reich geschaffen werden mußte und weil ihm schließlich zu dem Gefühl, es sei hier nicht geheuer, auch noch eine Ahnung aufstieg, daß er, was immer er tue und was immer geschehe, sich mehr und mehr in eine seltsam klägliche und unrühmliche Lage verstricke, fuhr es ihm siedeheiß durchs Hirn, eine wilde Wut packte ihn, und während er donnernd mit seiner sich schnell überschlagenden, noch nicht zur völligen Mannesreife gediehenen Stimme »Raus!« brüllte und mit dem jäh ausgestreckten linken Arm zur Tür wies, trat er, eigentlich wider Willen, mit dem gestiefelten Fuß nach der alten Frau, doch die Scham, die nun riesengroß wuchs, und ein Ekel, der gleichzeitig sich mit ihr mischte, waren schneller als seine Wut und überwältigten sie derart rasch, daß er den Fuß, kaum daß das schwarze Gewand der Greisin berührt war, wieder zurückzog und mit der Stiefelspitze über die Steinfliesen wischte, als ob er sie säubern wollte. In diesem Augenblick tat ihm die alte Frau beinah leid. »Na mach schon!« sagte er gutmütig drängend, und er fügte, erklärend, ja beinah sich entschuldigend, hinzu: »Befehl vom Kommandanten, verstehen?«, und da ihm einfiel, in der Schule gelernt zu haben, daß Griechenland seit seiner Befreiung vom türkischen Joch unter starkem Einfluß Frankreichs gestanden habe, wiederholte er die Erklärung in seinem Schulfranzösisch: »Monsieur le capitan a donné l'ordre, compris?« Er lächelte, da er »compris« sagte, und hob die Augenbrauen; er war stolz, daß er, obwohl er doch anderthalb Jahre kein Wort Französisch mehr gesprochen, den Satz so fehlerlos zustande gebracht hatte, und er lächelte, da er, noch während er das letzte Wort des Satzes geformt, hatte denken müssen, wie unendlich weit er doch der Schulbank entrückt war, und er sah lächelnd fern über Meer und Gebirge die messerzerkerbte, tintenbekleckste, schiefernde, von vieltausend Hosenböden abgewetzte, vieltausendmal verfluchte und nun fast wie eine Wiege anmutende braungrüne Schulbank mit Pult und Sitz und rippenförmig geschwungener Lehne und sah die Gesichter der Professoren und hörte sie von verschollenen Kriegen schwärmen und hörte den flachbrüstigen Französischprofessor, der nie im Feld gestanden, mit seiner brüchigen Fistelstimme von den Stahlgewittern bei Douaumont reden, und Ferdinand W. dachte, daß nun *er* eine Uniform trug und die Pauker alle nur Zivilisten waren und also minder als er und eigentlich seine Untergebenen, und er lächelte wieder, und seine vollen Lippen waren weit auseinandergezogen, und seine graublauen Augen strahlten zufrieden hell. Die alte Frau hatte wieder den Kopf hochgedreht, und wieder stützte sie die rechte Wange mit den Fingern der Linken; die Bewegung löste das Tuch und ließ es von ihrem Scheitel gleiten, so daß ihr Haupt nun weiß vom Haar umwallt war und ihr edles, von härtester Arbeit wie eine Kupferplatte vom Griffel Rembrandts durchwirktes Antlitz sich hell und frei aus dem Dämmerlicht hob. Sie hielt den Kopf auf die Finger gestützt und sah den jungen Menschen, der über sie hinwegblickte, durchdringend an; sie sah den Fuß, der nach ihr getreten, und die Hand, in der lässig die Waffe pendelte, und den Mund, der ihr mit herrischer Stimme befohlen, und die Augen, die ihrer schon nicht mehr achteten; sie sah die Gestalt des Soldaten, der da in den Frieden des Dorfes und die heilige Ruh ihres Sterbens gedrungen war, als ob Land und Mensch und Leben und Tod sein Eigentum wären; sie sah den jungen Soldaten an und sah ihn lächeln, und sie dachte daran, daß eine Mutter auch diesen Sohn empfangen und geboren, und flüsterte einen Fluch, der einen unbekannten fernen Schoß verdorren lassen sollte, dann drückte sie mit der rechten Schulter und Hüfte ihren gekrümmten Leib zur Seite, so daß sie fast bäuchlings lag, und versuchte, von unaufhörlichem Husten gepeinigt, sich auf die Ellenbogen und Knie zu erheben, vermochte aber nicht das Kreuz hochzuziehen und schob schließlich mit einer letzten, fast knirschenden Anspannung ihrer Kräfte die Unterarme nach vorn, so daß sie, wenn auch nicht auf den Knien, so doch auf den Ellenbogen und also aufgerichtet lag. Einen Augenblick verharrte sie in dieser Stellung, dann schüttelte sie mit deutlicher Gebärde den Kopf, daß die Haare im Sonnenlicht, das durch den Türspalt fiel, golden leuchteten, und kroch, sich mit dem ganzen Leib vorwärts schiebend und einen schneidenden Schmerz, der ihr Inneres zerriß, mißachtend, stumm und ohne den Soldaten noch eines Blickes zu würdigen, der Tür zu, den Raum zu fliehen, in dem jener stand. Der junge Soldat hatte, als sie sich aufzurichten versuchte, befreit ein Na also! gedacht und aufgeatmet und zugleich mit einem Gefühl tiefer Befriedigung festgestellt, daß es wirklich rührend sei, wie die Alte sich mühe, seinen Befehlen nachzukommen, und da er sie so beflissen fand und da ihr weißes Haar in der Sonne leuchtete und da auch für einen flüchtigen Augenblick das Angesicht seiner Mutter an seinem Auge vorüberhuschte, bedauerte er, nach der alten Frau getreten zu haben, und wollte, von Mitleid und sogar von Reue ergriffen, ihr schon bedeuten, liegenzubleiben und neue Weisungen abzuwarten, die einzuholen er bei diesem besonderen Fall verantworten zu können glaubte, doch da er sich anzuschicken begann, ihr, die sein Wort ja doch nicht verstehen würde, ein entsprechendes Zeichen zu geben, und er also den linken Unterarm hob, um die flach und gespreizt ausgestreckte Hand mehrmals, als senke er sie in ein luftiges Kissen, zum Boden hin niederzudrücken, um solcherart ein Halten und Hinlegen anzudeuten –: da er also anheben wollte, kam ihm in den Sinn, daß der Kommandant ihm vorwerfen könne, einer lumpigen Eingeborenen wegen seinen Posten verlassen und damit sträflich gegen die erste Pflicht eines Soldaten im Einsatz verstoßen zu haben – und so, den Unterarm halb erhoben und zwischen dem Willen zu menschlichem Tun und der Unerbittlichkeit des nun einmal erteilten Befehls ganz unentschieden schwankend, hoffte der junge Soldat schließlich, die Alte werde zusammenbrechen, ehe sie die Tür erreicht habe, und ihn auf diese Art aus seinem Zwiespalt erlösen, und er glaubte auch schon, sie innehalten und ihren Kopf langsam niedersinken zu sehen, die alte Frau aber kroch nach einer winzigen Pause des Ausruhens weiter der Tür zu, und es schien, als beschleunige sie ihre Bewegung noch. Aber ich kann sie doch nicht so vor mir durch das Dorf treiben! dachte der junge Soldat bestürzt, und er sah schon die alte Frau über die Straße sich schleppen und sah sich mit angelegtem Gewehr hinter der Todkranken dreingehn, und wieder fuhr es ihm siedeheiß durchs Blut, doch diesmal aus einem Gefühl des Abscheus gegen sich selbst; er rief, ohne noch an den Kommandanten zu denken, der alten Frau beschwörend zu, doch liegenzubleiben, und stampfte, da sie nicht hörte, voll Ungeduld erneut mit dem Fuß auf, doch ehe er noch auf den Gedanken kam, sich vor ihr in den Weg zu stellen, hatte die Greisin die Tür schon erreicht und lag, zusammengekrümmt wie einst hinterm Herd, auf den Steinen vor der Schwelle ihres Hauses, und um ihr Haupt lohte eine Cherubinenkrone, das reine weiße Mittagslicht. Der junge Soldat sah sie liegen und stand vollkommen gelähmt; es war ihm, als wachse mit rasender Schnelle eine schwarze wirbelnde Leere in ihm und höhle ihn aus; einen Augenblick stand er so, ganz starr und ohne einen anderen Gedanken fassen zu können als den einer stumpfen Erwartung eines ungeheuren Schlages, der ihn im nächsten Moment zerschmettern würde, dann fühlte er von der Magengrube her ein Würgen in die Kehle steigen; zwei Fäuste, riesig und unwiderstehlich wie Eisenbahnpuffer, preßten seine Schläfen zusammen und hielten den Kopf zur alten Frau niedergerichtet, die Muskeln seiner Augenlider, Lippen und Wangen verkrampften sich entsetzt, Kinn und Hals begannen zu zittern, und der junge Mensch fühlte, so dumpf und fern, wie mancher dann hämmernde und schließlich allgewaltige Schmerz beginnt, das langsam sich nahende Wissen, einen anderen gezwungen zu haben, kriechend zu sterben, und er dachte mit der letzten, äußersten Abwehr, daß alles nur ein Traum sei, da war es ihm, als höre er seinen Namen, und zugleich hörte er, und er hörte es wie im Traum, die Stimmen der sich nähernden Kameraden. Er lauschte, er hörte sie durcheinanderschrein und einem offenbar gefangengenommenen Wesen, das sie »Schwein!«, »Bandit!« und »Dreckskerl!« nannten, bedeuten, schneller und ohne sich umzublicken weiterzugehen; er lauschte und hörte die Stimmen der Kameraden und hörte Tumult und Geschrei und Getrampel von Schritten, und da war es ihm, als erwache er aus einer unbegreiflichen Betäubung. Er schrak zusammen und schüttelte sich und klappte mit den Augendeckeln und sah die alte Frau liegen und dachte, halb benommen und halb erstaunt: Da liegt sie, und eilte zur Tür und sah durch den Türspalt zur Straße hinüber und sah, daß die Kameraden einen hochgewachsenen schwarzbärtigen Mann vor sich her stießen, dessen Arme mit groben Stricken so fest an den Leib geschnürt waren, daß sich die Hände schon blau verfärbten, und über dessen von Haß und Schmerz gleichermaßen verzerrtes, wettergebräuntes, von Narben und Falten zerklüftetes Gesicht das Blut in großen, schon stockenden Tropfen rann. Der junge Soldat blickte voll unverhohlenem Schauder auf den Gefangenen, den ersten leibhaftigen Feind, den er zu Gesicht bekam; er schaute auf die Hände, die sich krümmten wie Krallen, und auf die großen Zähne, die er zwischen den aufgeworfenen Lippen bleckte, und auf den rotdurchwirkten schwarzen Bart, und als er sah, daß auch einem der Kameraden, wohl durch einen Schlag mit einem stumpfen Ding, die Stirn aufgeplatzt war, dachte er voll Neid, daß die Langgedienten wieder einmal die Glücklicheren gewesen waren und im Kampf gestanden und einen leibhaftigen Partisanen zur Strecke gebracht hatten, während er eine ster... – doch er dachte dieses Wort und diesen Satz nicht zu Ende und wußte, da er diesen Gedanken so plötzlich mitten im Worte abbrach, daß sich in seinem Leben etwas ereignet hatte, an das er nicht mehr rühren durfte, daß fortan in seinem Hirn, zwischen den dünnen Wänden des Vergessenwollens, ein vampirhaftes Wesen, ein Bild, ein Alp hausen würde, der Nacht für Nacht ausbrechen und sich auf das Herz des wehrlosen Schläfers werfen konnte, und der junge Mensch wußte, nein, er empfand mit allen Zellen seines Leibes und Geistes, daß es furchtbar war, was er getan hatte. Da hörte er, und diesmal laut und deutlich, den Unteroffizier seinen Namen rufen. »Schütze Wildenberg!« rief der Unteroffizier, und der junge Mensch hörte den Ruf und hörte vor seinem Namen jenes zweisilbige magische Wort, das ihn einreihte in die auserwählte, hoch über alle anderen Wesen erhobene Schar, die im Kampf für Deutschlands Sein oder Nichtsein stand und die das Reich des Führers noch im fernsten Winkel der Welt errichtet: »Schütze Wildenberg!« hatte der Unteroffizier mit seiner harten, hallenden Stimme gerufen, und da plötzlich, so wie ein Taifun, der noch eben verheerend getobt hat, mit einem Pulsschlag verwirbelt sein kann, war die schwarze höhlende Leere, die sich in seiner Seele gedreht hatte, geschwunden, der Angsttraum zerstoben, der Alp zerronnen, das Herz wieder heil und der Geist wieder klar; der junge Soldat stand in Feindesland, im Haus, das durchzukämmen ihm zugewiesen worden war und das er auftragsgemäß durchgekämmt hatte, und er hielt das Gewehr, wie die Vorschrift es wollte, und wußte ganz genau und sicher, daß er gar keinen Grund habe, sich seiner Handlungen zu schämen, und daß er genauso wie die Kameraden seine Pflicht getan. Ich habe einen Befehl erhalten und habe ihn ausgeführt! so dachte er, und er richtete sich auf und blickte, während er »Hier, Herr Unteroffizier!« rief, über die alte Frau hinweg zum hohen Himmel und dachte, daß es mitunter viel schwerer und härter und also auch ungleich soldatischer, ja ungleich heldischer sei, einen gegebenen Befehl in eiserner Strenge auch dann zu vollziehen, wenn man zugleich den Schweinehund in der eigenen Brust, der da von Mitleid und Milde und Menschlichkeit faselt, erbarmungslos niederringen und also sich selbst besiegen müsse, und er dachte voll Stolz, daß er den Schweinehund in der eigenen Brust niedergerungen und damit den schönsten aller Siege erfochten habe. Er hatte seine Pflicht getan und stand nun, nachdem er »Hier, Herr Unteroffizier!« gerufen und mit schnellem Griff Koppel und Stahlhelm zurechtgerückt hatte, ganz ruhig unter der Tür und hielt das Gewehr in der Hand, und die alte Frau lag leblos vor seinen Füßen, und da, in diesem Moment, da die alte Frau für ihn nichts weiter war als ein häßlicher schwarzer Fleck in der strahlenden Sonne, häßlich und schwarz wie der innere Schweinehund, den er soeben glänzend besiegt hatte, da wurde er wieder von dem Gefühl überwältigt, das sein Herz hatte sprengen wollen, da sie über die schwarze See gebraust waren, und das Bild der Schöpfung kam ihm wieder in den Sinn. Er stellte das Gewehr auf die Stiefelkappe und sah, die Augen geschützt vom Dunkel des Steinbaus, das erhabene Rund der Gebirge rostrot unterm Enzianblau des Himmels, in dem ein Geier schwamm, ohne die Flügel zu rühren, und der Geier kreiste zwischen den Gipfeln, und der junge Soldat sah das Kastell, über dem nun die Flagge des Reiches knatternd sich bauschte, und er hörte durchs Brausen des Meeres und des Windes Marschmusik schmettern und schmeckte mit der salzigen Seeluft den beizenden Rauch der Lagerfeuer, der vom Kastell her wehte, und er dachte an den nackten Stein, der das Land gewesen, da sie es betraten, und sah verzückt, wie es schon verwandelt war und wie weit ihre Schöpfung schon gediehen, und er sah auf die zusammengekrümmte, von ihrem eigenen Auswurf besudelte Frau vor der Schwelle und auf den schwarzbärtigen, wild die Augäpfel rollenden Mann, der es gewagt hatte, seine Hand wider die Schöpfer des Reichs zu erheben, und da dachte er, daß man sie ausrotten müsse. Man muß sie ausrotten! dachte er, diese –!, und da fand er das Wort nicht, das er suchte, und er nahm das Gewehr vom Fuß und dachte, daß in dem lichten, herrlichen, strahlenden, sauberen Reich, das sie bauten, einfach kein Platz sein konnte für solches Menschengeziefer, das Wohnungen mit Kot besudelte und nicht einmal Fensterglas kannte und mit Hühnern und Ziegen in einem rauchgeschwärzten Stall hauste und durch seinen eigenen Auswurf kroch, um sich auf der Straße zum Sterben zu strecken wie irgendein Vieh, und das denen, die kamen, ihm Gesittung zu lehren, aus dem Hinterhalt tückisch entgegenschoß. Man muß sie ausrotten, dachte er, so wie man einen Eiterherd ausräumt zum Wohl der gesunden, lebenstüchtigen Zellen; ausrotten müsse man sie, dachte er, so wie man Wanzen vertilgt und Läuse und Schaben, entlausen müßte man das neue Europa, bis in die entferntesten Winkel mit irgendeinem wohltätigen Gas überziehn, das all dies Geziefer schnell und schmerzlos verderbe, auf daß endlich Platz sei für den wahren Menschen, den Menschen des sechsten Schöpfungstages! Er hatte das Koppel zurechtgerückt, so daß sich, wie vorgeschrieben, das Schloß mit der Aufschrift »Gott mit uns« genau zwischen dem vierten und fünften Uniformknopf befand und sein linker Rand mit der Kante der von rechts nach links geknöpften Feldbluse abschloß, und schickte sich an, zur Meldung vor das Haus zu treten, und dachte noch einmal, daß man sie ausrotten müßte, und wußte zugleich, daß es ein Wunschtraum sei, all das Geziefer zu vertilgen, doch daß es, wenn auch ein unerfüllbarer, so doch ein kühner, ein gigantischer, ein promethischer Traum sei, das reine Reich, die vollkommene Schöpfung, die Vernichtung des unwerten Lebens zu denken, ein Traum, so faustisch, daß ihn wohl nur das Herrenvolk der Erde träumen könne, und nun, da die Kameraden schon vor der Tür standen und der junge Soldat das verzerrte Gesicht des Partisanen über den zusammengekrümmten Leib des alten Weibes gebeugt sah, fiel ihm plötzlich das Wort ein, das er gesucht und nicht gefunden hatte. Untermenschen! dachte er, das war es, Untermenschen, das war das richtige Wort. Man muß sie ausrotten, diese Untermenschen! dachte er noch einmal, und eine Rede kam ihm in den Sinn, die ihnen der Kreisleiter zur letzten Johannisnacht vor dem lohenden Sonnwendfeuer gehalten und wo er von den Untermenschen gesprochen hatte, die sich wie Schimmel und Krätze in den gesunden Volkskörper nisten und die man gnadenlos vertilgen werde, und hatte sich Ferdinand W. bislang nichts Rechtes bei diesem Wort vorstellen können, so hatte er nun mit eigenen Augen gesehen, was der Untermensch war, und er war einverstanden mit dem Gedanken, ihn auszurotten, wenn er auch wußte, daß es utopisch war. Dann brach der junge Soldat diesen Gedanken ab, da es jetzt galt, dem Unteroffizier Meldung zu machen, und er war, die vorgeschriebenen sechs Fragewörter, die in jeder ordentlichen Meldung beantwortet werden mußten, nämlich: wer, wem, wann, wo, wie und warum, überdenkend und aus ihrer Beantwortung den vorgeschriebenen, exakten und ganzen Satz bauend und ihn memorierend, einen Augenblick versucht, den Arm der Alten mit der Stiefelspitze anzuheben (Ich kann sie doch nicht anfassen! dachte er), um zu überprüfen, ob sie schon tot sei und er den eingetretenen Tod in die Meldung aufnehmen könne, doch er zögerte, das zu tun, und so schrie er statt dessen, scharf, aber nicht grob, und so, als wisse er, daß dieses Schreien nur eine Formalität war und keine Wirkung mehr zeitigen könne, noch einmal mit aller Kraft ein »Aufstehn!« und wandte sich, über die alte Frau hinwegtretend, achselzuckend dem Unteroffizier zu, doch da, aus dem Nichts, aus dem Ungewissen, aus Gott weiß welchem Nebel aufgestiegen, stand plötzlich ein Mensch vor ihm. Der junge

Soldat war zu verblüfft und, da er im vollen Licht des Mittags stand, auch zu geblendet, um mehr zu sehen, als daß da plötzlich ein Unbekannter vor ihm stand; es war die Schöpfung, und ihr sechster Tag war angebrochen, der Mensch war aus dem Nichts erschienen, und der junge Soldat, seine Waffe hochreißend, sah nur zwei brennende Augen und eine hochfahrende Hand, und in seinem Hirn war es wüst und leer und Finsternis, und er sah der Hand einen Blitz entfahren, ein ungeheures Licht zersprengte ihn und alle andern, und dann war nichts mehr als die große heilige Ruhe des siebenten Tages.

Regentag im Kaukasus

Es regnete schon den dritten Tag; es war ein Tag im April, und es regnete, wie es nur im Kaukasus regnen konnte. Der Himmel hing tief herab, ein schwarz-grüner schwappender Schlauch, aus dem das Wasser in Güssen zur Erde troff. Die Luft war klatschend naß wie das Innre eines Katarakts; der Himmel war Wasser, die Luft war Wasser, und Wasser schoß in reißenden Bächen den talwärts sich senkenden Appellplatz hinab und ließ seinen blaugrauen Lehm wie Sprudel schäumen. Der Appellplatz und die Lagerstraße waren schon am ersten Tag des Regens unpassierbar geworden; wir hatten Bohlen und Bäume zwischen die Baracken gelegt, die Bohlen waren abgesackt, nur die breitkronigen Eichenstämme hatten widerstanden. Natürlich arbeiteten wir bei diesem Wetter nicht, und so hockten wir schon den dritten Tag in den Baracken und dachten, daß bei diesem Regen die Engländer nicht würden einfliegen können.

Wir alle hofften nämlich von Tag zu Tag, daß die Engländer kämen ... Wir waren nun schon fast ein Jahr hier im Lager, und in dieser Zeit waren Gerüchte ohne Zahl von sibirischer Fron auf Lebzeit wie von sofortiger Entlassung durchs Lager gegangen; ich hatte, wie jeder, jede dieser Parolen geglaubt und jede, nach ihrem Nicht-Eintreffen, wieder erbost verworfen; nun aber war eine Kunde ins Lager gedrungen, die keine Parole sein konnte, weil sie auch in der Kriegsgefangenenzeitung »Nachrichten« abgedruckt war. Churchill habe, so hatte ich gelesen, in Fulton, einer englischen Stadt, eine große antisowjetische Rede gehalten, in der er die Wiederbewaffnung Deutschlands gefordert und damit versucht hätte, der Sowjetunion erpresserische Bedingungen zu stellen, und alle, die das gelesen hatten, waren mit mir einer Meinung gewesen: Churchills Bedingungen konnten nur die sofortige Freilassung der deutschen Kriegsgefangenen sein. Am nächsten Tag dann war diese Nachricht von Kalle, dem

Traktorenschlosser, der außerhalb des Lagers in der Zeltstadt arbeitete, wo er auch mit Angehörigen anderer Lager zusammentraf, ergänzt worden: Die Engländer hätten, so hatte er uns mit seiner langsamen Stimme berichtet, ein Ultimatum an die Sowjetunion gestellt, binnen vierzehn Tagen die Kriegsgefangenen zu entlassen, andernfalls England Luftlandetruppen einsetzen werde, um die Lager mit Waffengewalt zu befreien. Die Kunde war uns durchs Blut gefahren wie Rum durch die Kehle: Das war kein Gerücht, das war keine Parole, das hatten wir ja mit eigenen Augen in den »Nachrichten« gelesen. »Erpresserische Bedingungen« hatte es dort geheißen, also mußte es schon die Wahrheit sein. Am nächsten Tag dann war auch schon der Termin der bevorstehenden Landung geflüstert worden, und seitdem hatten wir Stunden um Stunden zum Himmel gestarrt, ob sich die grauen Rümpfe der Hurricans nicht schon über den violetten Gipfeln zeigten. Wir hatten den Himmel mit Hurricans über den Bergen noch in unseren Träumen gesehen, doch jetzt war der Himmel ja ein schwarzgrüner Schlauch, der Regen stürzte schon den dritten Tag, und es war uns klar, daß bei diesem Regen die Engländer nicht würden einfliegen können. So hockten wir also in der Baracke und versuchten, so gut es ging, durch die Zeit zwischen Frühstück und Mittag und Mittag und Abendessen zu treiben! Einige lagen auf den Pritschen und dösten; andere spielten mit selbstgeschnitzten Figuren Schach; andere brühten Tee aus Brombeerblättern; andere kratzten das zehnte Mal sorgsam die letzten Tabakkrümchen aus den Taschennähten; andere unterhielten sich über die Schlachten von Tobruk und Odessa und kritzelten Lagepläne in den festgestampften Lehm des Fußbodens. Einige lasen. Andere, und das waren die meisten, besprachen lang und ausführlich die beste Methode, Beefsteaks zu braten, und schwärmten von den Genüssen der sagenhaften Vergangenheit. Ich hatte Brombeerblättertee gebrüht und saß bei meinem Freund Heinz, einem fünfundzwanzigjährigen Philosophiestudenten, auf der Pritsche;

wir hockten im Schneidersitz nebeneinander und schlürften Tee und unterhielten uns, wie wir uns jeden Tag zu unterhalten pflegten.

»Ich habe lange nachgedacht, und jetzt weiß ich es«, sagte Heinz, »alle Geschichte ist nur ein Streben nach Macht, und alle Macht ist böse, weil sie menschliche Willen beherrschen muß, und darum ist alle Geschichte in sich sinnlos, denn das Böse hat keinen Sinn!«

»Darum sind wir Märtyrer der Politik!« sagte ich.

»Man müßte sich aus allem heraushalten«, sagte Heinz, »man müßte irgendwo allein leben, in einem Loch tief in der Erde müßte man leben oder als Mönch nach Tibet ziehn und dann nur denken, nichts andres als denken«, und ich stimmte ihm zu.

Wir hockten auf der Pritsche und tranken Tee und schmiedeten Zukunftspläne: Die Welt möge sich in Zukunft blutig schlagen, es werde uns nicht kümmern, sagten wir; Reiche mögen entstehen und wieder ins Nichts zusammenstürzen, und wir würden sie nicht einmal zur Kenntnis nehmen, sagten wir, und wir hockten auf unserer Pritsche mitten im kaukasischen Wald, auf den der Regen herniederprasselte, und tranken Brombeerblättertee und entwarfen das Reich des freien Geistes.

»Wir werden keine Zeitungen mehr lesen«, sagte Heinz, »wir werden in keine Versammlungen mehr gehen, wir werden keinen Redner mehr anhören, wir werden weder wählen noch einem Programm zustimmen, wir werden nicht mehr ja zu etwas sagen und auch nicht mehr nein, wir werden mit äußerster Radikalität aus der Geschichte herausspringen.«

»Sie werden uns nie wieder kriegen, die Menschenfischer«, sagte ich, »keine Macht der Welt wird uns je wieder für ihr Programm einfangen«, und Heinz sagte, wir sollten das einander versprechen. Das taten wir, und dann brühten wir noch einmal Tee auf und unterhielten uns über die beste Art, ein Beefsteak zu braten. Heinz erzählte von den Kämpfen in Kreta, und ich sprach von Athen, der schimmernden Stadt der Weisheitsgöttin und von Attikas Hügeln, wo die Trauben in der Sonne kochten und Mandeln und Zitronen blühten, und dann kratzten wir die letzten Tabakkrümel aus unserem Tabaksbeutel und rauchten einen Zug, und dann dösten wir. Nach der Mittagssuppe lasen wir ein wenig, Heinz in Raabes »Hungerpastor« und ich im »Schlaraffenland« von einem Heinrich Mann, dessen Namen ich vordem noch nie gehört hatte und dessen Art zu erzählen ich sehr interessant fand. Wir hatten im Lager auch Bücher und Broschüren von Marx und Engels und Lenin und Stalin; einmal hatte ich spaßeshalber in einer solchen Broschüre geblättert und sie bald wieder aus der Hand gelegt: Es war drin nur von Lohn und Preis und Profit die Rede, und das interessierte mich nicht, ich war doch kein Prolet! Ich las also im Schlaraffenland; nach dem Lesen dösten wir wieder und philosophierten und warteten aufs Essen, und draußen gurgelten mit Blasen und Schaum die Güsse des Regens hinab ins Tal.

So ging quälend langsam die Zeit bis zum Abend dahin; die Abendsuppe wurde ausgegeben und die abendliche Brotportion und zwei Eßlöffel Zucker und wider Erwarten auch Tabak und ein Stück gedörrten Fischs: Also war doch, trotz des Regens, ein LKW die Straße hochgekommen! Befriedigt nahm ich meine Portion vom Brett; ich hatte schon gefürchtet, Essen holen zu müssen, denn ob der Wolkenbrüche wurden vier Mann zum Essenholen ausgelost, aber das Los war gnädig an mir vorübergegangen, und ich hatte im Trocknen bleiben können. Ich kaute meinen Fisch; die Dämmerung drang durch den Regen, und Dunkel und Wasser vermischten sich, da sah ich einen Leutnant der Lagerkommandantur den Appellplatz hinauflaufen und rief rasch in die Baracke, was ich gesehen. Der Leutnant, ein älterer Mann, war nämlich erst vor kurzem ins Lager gekommen; wir hatten noch nichts mit ihm zu tun gehabt, doch wir fürchteten ihn, da man munkelte, daß er ein jüdischer Emigrant sei und nur auf eine Gelegenheit warte, sich an uns zu rächen. Es war ein kleiner, unansehnlicher Mann von vielleicht fünfundfünfzig Jahren, und als ich ihn durchs Tor laufen sah, dachte ich, daß er jetzt käme, uns in den Regen hinauszutreiben, doch dann dachte ich, daß er deshalb nicht selbst kommen, sondern einen Posten mit seinem Befehl schicken würde. Indes, er kam selbst, und er mußte es eilig haben; er hetzte, auf dem Rücken der Eichen balancierend, das Lager herauf, ohne vermeiden zu können, einmal links und einmal rechts vom Stamm in die Schlammflut abzurutschen und sich die Hosen bis übers Knie zu beschmutzen. Es mußte etwas Ungewöhnliches, etwas ganz Außergewöhnliches sein, was der Leutnant uns mitzuteilen hatte, denn es geschah eigentlich nur zur Zählung, daß ein Offizier der Kommandantur ins Lager kam. Der Regen klatschte; alles spähte durchs Fenster; wir sahen den Leutnant auf unsere Baracke zulaufen und richteten uns auf unseren Pritschen auf, und plötzlich sagte einer: »Churchill!« Er sprach nur aus, was wohl alle dachten: Churchill! Er sagte: »Churchill«; er sagte es nicht sehr laut, aber das Wort dröhnte uns in die Ohren wie die Propeller der Hurricans. Churchill, dachte ich, Churchill, er haut uns hier raus, der alte Junge! Und ich dachte, die Weltgeschichte hätte doch noch ihren Sinn!

»Churchill«, sagte nun auch Heinz, da wurde die Tür aufgerissen, und der Leutnant trat keuchend ein. Er troff, seine Hosenbeine waren schlammdurchwirkt. Ich fühlte plötzlich, daß ich zitterte.

»Kameraden, ich habe eine wichtige Nachricht für euch«, rief der Leutnant, noch immer keuchend. Er sprach akzentfrei. Der Regen klatschte an das Stückchen Fenster. Ich sah nichts als das Gesicht des Leutnants.

»Eine freudige Nachricht, Kameraden, ein großes geschichtliches Ereignis für euch«, sagte der Leutnant. Sein Gesicht strahlte. In diesem Augenblick sah ich eine Wiese und eine Quelle. »Ein freudiges Ereignis, Kameraden!« wiederholte der Leutnant und zwang seine keuchenden Lungen zur ruhigen Rede: »Ein altes Kampfziel der deutschen Arbeiterklasse ist Wirklichkeit geworden, in der sowjetischen Besatzungszone haben sich KPD und SPD zur Sozialistischen Einheitspartei zusammengeschlossen!«

Ich sah noch die Wiese und die Quelle, Symbole meines Freiheitswunsches; ich hatte die Worte gehört, und ich hörte den Regen klatschen, und plötzlich schrie es ringsum, die Baracke schrie, und ich schrie mit.

»Pfeif drauf!« schrie einer, und: »Schickt uns endlich heim!« ein zweiter, und: »Gebt uns lieber zu fressen!« schrie ein dritter, und: »Ha ha ha!« schrie ein vierter wiehernd, und alle schrien, und Heinz schrie, und ich schrie auch. Der Leutnant stand im Barackengang und sah uns an, als ob er hilflos wäre; sein hilfloser Blick wanderte von einem Gesicht zum andern, und dann hob er mit einer unendlich zögernden Gebärde die Schulter und die leicht geöffneten Hände und sah uns an und sagte: »Aber die deutsche Arbeiterklasse ist geeint, Kameraden!«, und er sah uns an, und wir schrien in zischendem Chor. Als der Leutnant mir grad ins Gesicht sah, hörte ich auf zu schreien; der Leutnant sah Heinz an, und der hörte auf zu schreien, doch ich schrie schon wieder für ihn mit. Der Leutnant ließ die Hände sinken, und ich sah, daß Tränen in seine Augen traten. »Ich dachte, es würde euch freuen«, sagte er leise, dann wandte er sich plötzlich um und fuhr sich über die Augen und ging zur Tür zu. Unter der Tür blieb er stehen; er zögerte, er hielt den Holzriegel in der Hand, doch dann klinkte er mit hartem Ruck die Tür auf und ging, ohne sich noch einmal umzudrehn, hinaus. Die Schreie brachen ab, und ich wußte, daß jeder von uns jetzt Angst hatte. Eine solche Demonstration hatte es im Lager noch nicht gegeben. Der Regen klatschte.

Ich hockte auf der Pritsche und dachte, was jetzt werden würde, da hörte ich Paul, meinen Nachbarn, sagen: »Mein Gott, dafür haben wir vor dreiunddreißig gekämpft ...«

Ich sah ihn erstaunt an.

»Die Arbeitereinheit«, sagte Paul vor sich hin. Was war da, zum Teufel, in ihn gefahren? Er war doch bislang einer von uns gewesen, er war mit uns doch in Gefangenschaft gekommen, und er hatte mit uns auf die Russen geschimpft und hatte über die beste Art, ein Beefsteak zu braten, diskutiert, und er hatte die Kämpfe um Narvik geschildert, und erst mittags hatte er noch von Churchills Ultimatum gesprochen. Doch jetzt war er nicht mehr einer von uns; er hockte auf seiner Pritsche und starrte vor sich hin, und auch in seinen Augen glänzte es feucht. »Halt's Maul, Mensch!« sagte Kalle, der Traktorenschlosser, der rechts neben Paul lag, und: »Kannst dich ja gleich beim Iwan ansiedeln«, sagte ich. Paul antwortete nicht. Er hockte auf der Pritsche, dann knurrte er etwas Unverständliches und legte sich hin und zog die Decke über den Kopf. Er tat, als ob er schlafe; in der Nacht aber sah ich ihn aufstehn und ans Fenster treten und durchs Fenster in die Nacht starren. Ich hatte auch nicht schlafen können, und auch Heinz konnte nicht schlafen; wir hockten uns beim Ofen nieder und unterhielten uns leise.

»Die Idioten glauben wirklich, daß uns das interessiert, das mit ihrer Einheitspartei«, sagte Heinz. Ich nickte stumm und sah auf das schwarze Rund des Ofens. »Uns beide kriegen sie nicht mehr!« sagte Heinz, »uns beide nicht!«

»Nie mehr werde ich mich um Politik kümmern«, sagte ich, »ich habe die Schnauze voll von dem verfluchten Hitler!«

»Einheitspartei, wie das schon klingt«, sagte Heinz voll Verachtung und schaute dabei zu Paul hinüber. »Alle Politik führt zur Vermassung«, sagte er, »wir aber wollen unser Ich behaupten und nie mehr in der Masse untergehen!«

Der Regen klatschte.

»Sie werden uns nie wieder kriegen«, sagte ich, und dann sprachen wir von Bratkartoffeln. Heinz kannte eine Art, die Zwiebeln zu bräunen, von der mir noch keiner erzählt hatte.

Keiner von uns sprach mit Paul, der nicht mehr zu uns gehörte. Langsam graute der Morgen, und der Regen gurgelte. Es regnete den vierten Tag, der Himmel war ein schwarzgrüner zerschlissener Sack, die Luft klatschte Wasser wie das Innre eines Katarakts, und es war uns klar, daß die Engländer auch heute nicht einfliegen konnten …

Die Gewitterblume

»Und er sprach: Beschädiget die Erde nicht, noch das Meer, noch die Bäume ...«

Apokalypse des Johannes 7,3

Sie war klein und blau, vierblättrig, blau von der Farbe eines herrischen Himmels, der durch vier winzige weiße Tupfen zum Kelchgrund noch gewaltiger aus seiner Erdentiefe stieg. So klein, wie die Blume auch war, und so bescheiden sie sich auch mit einem Platz am Rande des wilden Gartens begnügte: ihr Blau leuchtete unübersehbar aus dem verworrenen Grün der Gräser und mahnte uns Kinder zur Vorsicht: Wer diese Blume auch nur berührte oder gar zertrat, löste ein Gewitter aus, dessen Blitz den Frevler unabwendbar erschlug. Beweise dafür gab es massenhaft: Eine Viertelstunde hinter meinem Vaterhaus, wo das Kirchenwäldchen begann, stak zwischen zwei Föhren ein mannsgroßer Stein mit einer schwarzen, dem Zickzackband eines Kreuzotternrückens ähnlichen Maserung: Hier hatte vor hundert oder tausend Jahren ein Fremder, den Himmel zu höhnen, nach solch einer Gewitterblume gegriffen, und sofort war aus dem unbedeckten Firmament ein Blitz niedergefahren, ein brüllendes Band zwischen Blau und Blau, und hatte den Frechling in den Stein eingeschmolzen, und das Loch, wo der Blitz mit der Seele des Sünders zwischen den Zähnen zur Hölle hinabgesaust war, bleckte heute noch rund und schwarz und unheimlich klein im Erdreich, wie auch heute noch das entsetzte Rot der zersprengten Augen unterm Scheitel des Zickzackzuges glühte. Es gab Millionen solcher Beweise für die Macht dieser Blume; dieser eine sollte genügen, oder vielleicht noch der: Auf dem Kuhkopf, dem beherrschenden Berg über meinem Heimatdorf, stand seit uralter Zeit eine Baude mit einer wunderschönen Wirtin, zu deren Ehren einmal ein Gast einen Kranz aus allen Blumen des Gebirges hatte flechten gewollt, und da er auch eine Gewitterblume abgerissen, war Feuer vom Himmel geregnet und hatte Frevler, Wirtin und Baude zu Asche verbrannt, und die Hitze davon war so rasend gewesen, daß der ganze Kuhkopf einen vollen Tag lang wie eine Schmiedeesse geglüht und gesprüht hatte, ganz molochhaft, von innen heraus und wieder nach innen hinein, und als die Glut sich endlich verkrochen hatte, war, ewiglich sichtbar, an Stelle der Baude eine kahle Stätte zurückgeblieben, eine Narbe des Bergs, auf der kein einziger Grashalm mehr wuchs, nicht einmal ein Moos, nur Brocken jener grindigen Flechte, die ja sogar das Eis überzieht. Nein, an der Kraft dieser Blume war nicht zu zweifeln, und wir hüteten uns, auch nur in ihre Nähe zu kommen. Im steinigen Hang hinter meinem Vaterhaus wuchsen ihrer sechs, ein Reigen des Grauens in einer Brandung verfitzten Grases, den ich täglich von der Ferne der Hausschwelle zählte: eins, zwei, drei, vier, fünf, sechs, sechs tiefblaue Tode, und der Gedanke, einen davon auch nur anzurühren, war so unfaßbar wie etwa der Gedanke, unser Haus anzuzünden oder meine Mutter zu schlagen oder karfreitags Fleisch zu essen. Es gibt Gedanken, die man einfach nicht denken kann.

Aber einmal dachte ich solches doch, und schuld daran war nur die Liebe. Meine Liebe hieß Mariechen; sie war die Tochter des Nachbarn, des Seilermeisters Wiesterschyl, ein langaufgeschoßnes, dürres Geschöpf mit wachsgelber Haut und strohgelbem Haar und winzigen und wenigen Zähnen zwischen den dünnen Lippen, und wir liebten uns, indem wir den Brunnen hinterm Haus fast leertranken und dann, den Leib prall voll Wasser, uns im Gartengras fest und so, daß nur die Köpfe herausschauten, in eine Decke rollten und stundenlang stumm und dicht aneinander und den gleichen Himmel vor Augen mit qualvoller Verzückung fühlten, wie unser Eingeweide sich spannte und in uns schwer zu werden begann, eine schwere, schwarze, dem Aufbrechen rasch sich nähernde Wolke zwischen Nabel und Leiste, die bis unters

Herz schwoll und uns zu zersprengen drohte, und wiewohl einer den andern durch anscheinend unbekümmertes Daliegen im Tragen der süßen Last ebenso zu besiegen wie ihn, und damit sich selbst, bis zum Ausharren in ein unvorstellbares Ende anzuspornen trachtete, geschah es doch immer, daß wir uns plötzlich beide zugleich verzerrten Gesichts aus der Decke strampelten und, ein jeder zu seinem sichtgeschützten Winkel, auseinanderliefen, um uns dann, beschämt, doch erneut unersättlich, wieder am Brunnen zu treffen. Es war eine große und schwierige Liebe, und so blieb es ihr nicht erspart, durch eine schreckliche Prüfung zu gehen. Eines Tages sprang, was noch nie geschehen war, Mariechen vor mir aus der Decke und rannte mit ihren trippelnden Sprüngen zu ihrem Platz im Innern der Schneebeerensträucher, und als sie dann langsam und mit zerrißnem Gesicht zurückkam, sagte sie strohgelb und knisternd vor Zorn, ich hätte sie betrogen und viel weniger Wasser getrunken als sie. Das war ungeheuerlich, doch ich kam erst später dazu, dies ganz zu begreifen, denn während ich noch, von Mariechens Verleumdung wie von einem an die Schläfe geschleuderten Stein gleichzeitig hochgeschreckt und betäubt, aus der Seligkeit meines Triumphes, nach den vielen unentschiedenen Lagern unsres Liebeskampfes endlich als erster gesiegt zu haben, auf die Füße taumelte und schnappend zu denken begann, daß ich mich entrüsten und widersprechen und meine Unschuld beteuern müsse, machte ich mich schon, als wäre ich nur dazu aufgesprungen, auch eilends und trippelnd auf den Weg zu meinem Platz, im Eschengestrüpp in der halben Schräge des Hangs, und dort und dann wurde Gewißheit, am Brunnen nicht betrogen und dennoch gesiegt zu haben, so überwältigend unwiderleglich, daß ich, des törichten Anwurfs schon gänzlich uneingedenk, strahlend und mit der heitren Gelassenheit eines Sommerhimmels durch die zirpende warme Wiese zu meinem besiegten Mariechen zurückkehrte, das in seiner strohblonden Schmächtigkeit und dem rührenden Elend der großen, geschlagenen, voll scheuer Demut mir entgegenwartenden Augen so lieb wie nie auf der zerknautschten Decke stand. Strahlend, so sagte ich, kehrte ich zurück; strahlend heiter, gelassen, entspannt und vor Stolz schon im Überdenken meiner Meldung stotternd, allein da ich die Decke erreicht hatte und mit auseinanderfahrenden Armen meinen Bericht anzutreten begann, spie Mariechen mir vollkommen Verblüfften das schrecklichste Schmähwort der Welt ins Gesicht, ein dem Quaken der Frösche ähnelndes sinnloses Lautgebilde verachtendsten Schimpfs, das, sofort durchs Ohr ins Rückenmark stoßend, alle Bindungen an den Herausforderer bedingungslos abbricht und als Entgegnung nur den Kampf bis zum Tod übrigläßt. »Du Krahk, du elender Krahk von Betrüger«, schrie Mariechen in speichelndem Haß, und ihr Kopf schnellte vor, das war das letzte, was ich noch wahrnahm: die Welt zerging zu roten Schwaden, ein kreisender Dunst, durch den etwas Strohgelbes schwappte, strohgelb und schwappend, meine beiden Hände fuhren hinein und griffen zu, und im gleichen Augenblick zerschlitzte etwas Scharfes meine Schläfen, dann hatte auch Mariechen sich festgekrallt, und wir versuchten mit äußerster Kraft, einander die Haare vom Schädel zu zerren. Unsere Münder waren weit offen, wir stießen einander den dampfenden Atem unter die irren Augen und hörten eins aus dem andern das verbissene, ins Wimmern sich überschlagende Stöhnen gestachelter Wut und verleugneter Schmerzen, und ich wollte gerade ein wenig ins Knie gehen, um, mich hochstoßend, mit einem Ruck den feindlichen Scheitel auseinanderzureißen, da spürte ich Mariechens Griff sich lockern; überrascht ließ auch ich nach, doch da hatte Mariechen schon zum zweiten Mal und diesmal zum unwiderstehlichen Hebelzug in die Tolle hinter den Wirbel zugegriffen; der alte, hundsgemeine Trick war ihr wieder gelungen, und während ich in hilfloser Wut ihr mit ungeschlachten Rucken am Haar den Kopf in den festen Schultergürtel zu rammen versuchte, begann plötzlich etwas aus mir zu schreien, wahrscheinlich der

Schmerz der zerfetzten, sterbenden Liebe; er schrie wie ein Tier, und er schrie aus mir, ohne daß Mariechen noch geschrien hatte, und da, vom Gipfel des Siegs in die Grube der Schmach geworfen, sah ich plötzlich die Gewitterblume.

Ihr Blau überdeckte den Himmel, und aus ihrem Schlund rauchte Vernichtung ... Ich ließ das Haar fahren, schlug mich aufbrüllend mit der Handkante frei und hörte, an Mariechen vorbei zur Todeszone rennend, hinter mir sofort die gellende Trompete ihres ahnungslosen Triumphs. Sie gellte unaufhörlich ein einziges Wort. Es war, als ich die Blume im Himmel erblickt und Mariechens Fäuste aus meiner Tolle geschlagen hatte, bestimmt nicht meine Absicht gewesen, ein Gewitter hervorzurufen; ich hatte nur jählings, und noch ganz außerhalb des Bewußtseins, ein Mittel erkannt, Mariechen, die schon bei einem Wetterleuchten vor Angst verging, auf der Stelle schreien zu machen, noch schreiender als sie mich, vor Todesangst schreiend und meine Knie umfassend und Gnade erflehend, und ich hätte die Gnade wohl gewährt, doch nun, als ich in meinem Rücken das Wort ihres zeternden Sieges hörte, ein Wort, dessen breites, gemein auseinandergezogenes ei mich wie ein Peitschenschlag ins Gehirn traf, überkam mich eine solche Wut, daß ich gar nicht daran dachte, daß der Blitz mich ja selber zuerst treffen mußte. Nein, feige sollte sie mich nimmermehr nennen, und meine Wut war so grimmig, daß sie mich mit einem einzigen Satz bis zum Ziel und dort in die Hocke riß, und ich wollte eben das verschlungene Grün um die Blumen, deren Blau ich aus dieser Sicht nur ahnen konnte, zur Seite drükken, da hörte ich Mariechen verstummen und hörte es wie eine Offenbarung. Meine Hand lag ganz still auf dem Gras; all meine Sinne waren in den sich entfalteten Ohren versammelt, und sie hörten und rochen und schmeckten und schauten ein Schweigen, das grenzenlos war. Jetzt wummert schon die Angst in ihr drin, fühlte ich verzückt, doch da fiel mir ein, daß Mariechen, da ich ihr den Rücken zukehrte, meinen Vorsatz ja gar nicht erkennen könne. Hockend, und auch unwillkürlich aufs sorgsamste bedacht, den Todeskreis um die noch immer verdeckten Blumen nicht zu berühren, drehte ich mich watschelnd herum, und nun sah ich Mariechen. Sie stand an den leeren Himmel gelehnt und schwieg.

Ich fühlte, daß ich aufs neue zu strahlen begann.

›Jetzt wummert schon die Angst in ihr drin‹, wiederholte ich mir selbst und kostete den Tonfall der stumm durch mein Denken dahinziehenden Worte aus.

Mariechen schwieg.

»Du!« schrie ich.

Mariechen schwieg. Ich reckte mich derart, daß ich vornüberzukippen drohte.

»Du, schau her, wo ich jetzten bin!« schrie ich über das Gras. Mariechen schwieg, doch sie hob den Kopf, und ihre Augen wurden groß, und ihr Mund ging auf, und ich fühlte am Schwingen der Luft, wie die Angst in ihr dröhnte. Ich drehte, vor Aufregung schluckend und mit der breiten Zunge die Oberlippe beleckend, mit den Fersen einen festen Halt in den Boden, um ihr meine Drohung wie aus einem sicher verpflockten Geschütz entgegenzuschleudern, da sagte Mariechen ganz ohne Bewegung: »Traust dich ja nicht!«

»Was?« fragte ich völlig verblüfft.

»Eine Blume ausreißen«, sagte Mariechen.

»Ha!« schrie ich, ein blödes fauchendes Schreien über die noch immer ausgestreckte Zunge hinweg, und tat dabei abermals mit watschelnder Unbeholfenheit zwei kleine Schritte zur Seite, um aus genauer Sicht nach der Blume zu greifen, doch als ich nun, und im erneuten Muldendrehn wirklich ins Wanken geratend, die Graswand mit zitterndem Eifer zerteilte und dabei überlaut ausrief, ich traue mich doch und werde jetzt, gleich jetzt, aber gleich jetzt auf der Stelle eine Blume ausreißen, hörte ich, da es eben blau zu blinken anheben wollte, über mir ein durchdringend leises

Zischen: im Zugreifen innehaltend, sah ich auf und sah den Bauch einer ungeheuren Gallone aus mattblauem Glas, darin Schlangen aus glattem Feuer sich wanden und wälzten und ihre zischenden Lanzenblattköpfe nach mir in die splitternde Wandung stießen; ihre schwarzen Augen suchten die meinen; die gespaltenen Flammen ihrer Zungen dehnten sich, mich zu umfassen, und da ich mich noch sträubte, die seit immer gewußte Tatsache, daß der niederfahrende Blitz ja gar nicht Mariechen, daß er vielmehr mich selbst als seinen Heranlocker zerschmettern würde, wieder in mein Bewußtsein zu nehmen, hörte ich diese noch ganz im Bild verborgene Einsicht laut über die Wiese her zu mir reden: Der Blitz träfe mich ja selbsten, wenn ich die Blumen ausriß, so kamen diese uneingestandenen innersten Worte nun von außen daher, ganz leicht und tändelnd gleich Schmetterlingen, doch gleich jenen totenkopfbestückten, vor denen mir graute, und mit der zu einem Gallert wütigster Ohnmacht gerinnender Frage, ob Mariechen denn Gedanken lesen könne, erstarrte auch meine hockend auf den linken Ballen gestützte Pose mit erhobenem Kopf, weit aufgerissenen Augen, offenem Mund, fast ausgestrecktem rechten Arm, abgebogenen Fingern und schräg vom gemuldeten Lehm weggehobener rechter Sohle zu blöder Reglosigkeit.

Der Himmel war blau und fest.

Die Wiese wallte in Düften und Tönen.

Zum zweiten Mal an diesem Tag war ich völlig ohne Gedanken.

»Dich trifft's ja«, sagte Mariechen und kam, ein böser, gelber Engel, so langsam wie ihre Worte näher. »Dich trifft's ja selbsten«, wiederholte sie mit ihrem schmächtigen Mund, und ich hörte in meinem ratlosen Hirn nun ihre Worte nicht anders als alle die anderen Laute ringsüber, doch da, bei einem winzigen, in flüchtigster Jähe meteorhaft sich offenbarendem Funkeln in ihren Augen begriff ich, daß sie etwas sah, was ich nicht wahrnahm, und in dem gleichen Moment, ehe ich noch die Augen senkte, begriff ich weiter, daß ich beim letzten Muldendrehn meine Sohle über eine Gewitterblume erhoben hatte und sie nun bei der geringsten Bewegung zertreten müsse … Stille; Starre; die Schlangen in der Bläue schwiegen laut vor ihrem Sprung nach meinem Nacken; ich hörte ihr Schweigen, ich roch und schmeckte den Schwefel ihres Zornes und sah Mariechens triumphierenden Hohn fleischrot ihr fahles Gesicht durchwandern und schließlich im Funkeln ihrer Augäpfel sich niederlassen, und während ich in einer verzweifelten und schon im Erblühen welkenden Hoffnung durch bloßes Rollen der Blicke die sechs unberührbaren Blumen abzuzählen versuchte und tief im Grün drei blaue Schatten und tiefer noch zwei der weißen Pünktchen je eines der Kelchgründe zu ahnen glaubte, knisterte die sechste immer heißer unter der sich im äußersten Hochdrehn verkrampfenden Sohle, und mit diesem Schmerz kam die Todesangst. Es war die Todesangst, glaubt es mir nur; ich war verloren wie jener Alpensoldat, von dem mir der Vater manchmal erzählte, daß er beim Hochklettern zur feindlichen Stellung mit einem ungeduldigen Ruck des eigenen Leibes die ins Gestein sich verklemmende Abzugsleine seiner Koppelhandgranate gezogen und, die beiden Hände bei Strafe sofortigen Absturzes unlösbar um eine Felskante geklammert, dem Wahnsinn verfallend begriffen habe, daß er sich nach hundert heilen Gefechten nun selbst den Tod unters eigene, im Grauen des Wartens noch vor dem Sprengsatz berstende Herz gelegt … Ich war verloren – und hatte ich mich, seit ich Mariechen liebte, auch manchmal in eine so hoffnungslos scheinende Lage gewünscht, um dann vor zwei bewundernden Augen mit dem Rucke eines ungeheuren Klimmzugs mich in die Lüfte zu schwingen, im Auffahren die Handgranate zu ziehen und ins Nest des Feindes zu schleudern und, mich an der nächsten Granitnase grade noch fangend, die zerschmetterte Stellung als erster im Sturm zu nehmen, so war nun über dem Abgrund kein Felsen, mich hochzureißen, und keine Handgranate, sie fortzuwerfen, und kein Feind, ihn zu vernichten; es war hier nun nichts als Luft und Gras und darunter dies kieselige Krumchen Erde, aus dem die Gewitterblume wuchs. Nach der Sohle des rechten begann nun auch der Ballen des linken Fußes, auf den ja die ganze Körperlast drückte, zu glühen; der Schmerz beider zuckte wie Vipernbisse durch den Rist ins Schienbein, und während ich, in Qual und Todesangst wie ein Treibhaus dünstend, mich mühte, regloser als bisher zu hocken, und wußte, daß ich es keine Minute länger so aushalten konnte, dachte ich plötzlich, wie unendlich gemein Mariechen doch war, mich in diese Falle zu locken, wie gemein und feige und hinterhältig, als hätte sie nicht gewußt, daß ich diesen Moment, aber diesen Moment jetzt aufgestanden wäre und lächelnd, und gut, und im großartigen Armschwung einer allesumschlingenden Versöhnung die Geste meines unterbrochenen Berichts abschließend, gesprochen hätte, ich habe ja nur Spaß gemacht, einfach Spaß, hähä, sie ein bißchen zu ärgern, doch nun wollten wir einander nicht mehr bös sein und wieder zum Brunnen gehn und Wasser trinken und Wolken werden, und während ich dies dachte, wurde, was immer danach auch geschehe, der Zwang übermächtig, endlich die Sohle zu senken und niederzutreten und im Boden zu malmen und alles unter meinem Fuß zu zerquetschen, zu blutigem braunem Matsch zu zerquetschen, zu blutigem dreckigem matschigem quatschigem unkenntlichem Brei, und ich mühte mich pfeifenden Atems, die Sohle noch über diese Versuchung zu schrauben, und wenn ich, da das Schienbein zu splittern drohte, auch sofort wieder einhielt, waren im Ruck dieses Ansatzes doch schon die Knöchel ins Zittern geraten und über den zitternden Knöcheln die Knie ins Wanken und über den zitternden Knöcheln und wankenden Knien die Hüften ins Schaukeln und die Schultern ins Schwanken; ich wollte mich halten und griff in die Luft und kippte, und kippte vornüber und fuhr mit der Hand ins Gras bis zur stützenden Erde, und da, als ob alles Blut auf dieser Bahn noch im Vorwärtsschießen zu spitzigem Reif erstarrt sei, spürte ich in einer noch nie erlebten Jähe von den Fingerspitzen durch den ausgestreckten Arm bis in mein Herz und von dort ins Gehirn einen tausendfach stechenden eiskalten Stoß; es war ein Blitz aus Frost, der solchermaßen durch mich hindurchschlug, doch sein Donner erschütterte die Erde: Der grüne Vorhang zerriß, und ich sah meine Hand ihn zerreißen und sah dahinter im Kreis alle die sechs unberührbaren Blumen, und meine gespreizten Finger waren links und rechts eines Stengels am Rand der Runde vorbei zum Boden gefahren und hielten nun in der Falte ihres Gelenks ein Blau unterfaßt, ein winziges blaues Köpfchen um sein haardünnes blaßgrünes Hälslein, und in diesem Augenblick löste sich die eisige Starre zu einem heißen, machtvollen Strömen auf. Ich hielt, was noch keiner vor mir gewagt hatte, die Gewitterblume zwischen meinen Fingern und hatte ihr Fleisch angerührt, und nicht das geringste war mir geschehen: Der Tod ruhte auf meinem Handrücken wie eine Krone auf dem Haupt eines Kaisers, und wie dort aus dem Gold die erhabenen Träume der Gipfel und Schächte ins Hirn eindringen, so strömten nun hier durch den beinah nicht fühlbaren Stengel die Gedanken der Erde in mich ein. Es war eine dunkle, balsamische Flut, die sich in meine Seele ergoß und sie tränkte und spannte und im langsamen Nu eines Stroms durchs Gefilde vertrauter Gefühle hindurch ins Ungeheuerliche schwellen machte: Hatte ich eben noch, nach dem eisigen Stich des Entsetzens, das unverhofft begnadende Glück der Erlösung als Mahnung empfunden, den Bezirk der Vernichtung nunmehr für immer zu meiden, so holte, noch ehe ich die Sohle fest auf den Boden gesetzt hatte, der nächste Atemzug schon Genugtuung, der zweite schon Stolz und der dritte schon eine solche Hoffart in meine Brust, daß ich, zwar erschauernd zuerst, doch schnell im Erschauern verzückt, die beiden Finger um ein winziges zusammendrückte und höher schob, und während weiterhin nichts geschah, als daß das blaue Köpfchen erzitternd sich seitwärts neigte, erfuhr ich die befreiende Kraft der Macht über Leben und Tod als wirkliche und nicht nur wie bisher geträumte Verwandlung meiner selbst: Mit dem Schweiß der Todesangst war auch all meine Blöde und Tölpligkeit fortgedünstet; mein Denken war geschmeidig, mein Wille federnd, meine Entschlußkraft planend geworden; ich hielt den Stengel der Gewitterblume in meiner Hand und fühlte ihn als Schlüssel zur innersten Kammer des Todes, zur siebten versiegelten Tür, von der in der Bibel stand und der Herr Kaplan immer schrie, daß alle Schrecken sich über die Welt mit Posaunenschall aus ihrer Pforte ausschütten würden, und mit einer Sicherheit, die mich den Bergen verschwisterte, sagte ich zu Mariechen, ich werde die Blumen jetzt ausrupfen und sie ihr ganz schnell ins Gesicht schmeißen, dann werde der himmlische Blitz sie statt meiner verschlingen, und ich sagte es königlich und hörte voll nie gekannter Lust in meinem Blut das Erdfeuer sausen, da hatte Mariechen sich mir gegenüber schon niedergehockt und hatte die Lippen geschürzt und sagte über die Bläue herüber, ich solle nur ruhig die Blumen ausrupfen und auf sie schmeißen, sie habe einen Zauber, daß ihr der Blitz nichts antun könne, ihr nichts, nur mir, sonst keinem als mir, und da sie das sagte, streckte auch sie die Hand nach einer Gewitterblume aus, und das Grün tat sich auf, und die Blume am abgewendeten Rand wuchs ihr leuchtend entgegen.

Hatte sie wirklich einen Zauber? »Lüge!« schrie ich nach einem unmerklichen Zögern, und mit diesem Schrei war sie besiegt; und wenn ich dies damals auch gar nicht erfaßte und wenn ich auch mit diesem Wort Mariechen zernichtet glaubte, muß doch, so wie an manchem reglosen Julimittag plötzlich ein Zittern durch die eben noch unbewegten Baumkronen läuft, ein Zweifel durch meine überlaut auftrumpfende Sicherheit gegangen sein, denn einen Herzschlag lang spürte ich den wütenden Wunsch, der Feindin die Gedanken aus dem dünnhäutigen gelben Schädel zu zerren und ihr zu zeigen, daß kein Zauber darin hing, kein Wort und kein Schlüssel und kein schwarzer Stab mit goldenen Sternen, doch über dieses Verlangen hinweg wuchs unaufhaltsam eine süßere Seligkeit als die der Gewißheit: Ob Lüge, ob Wahrheit, die Säfte der Erde hatten mich übersättigt, die Wolke in meiner Seele war dunkel und schwer geworden und mein Denken darin der nicht mehr zu bändigende Blitz, und während mein Mund wohl noch »Lüge!!« schrie und mein Ohr durch den eigenen Lärm wohl noch etwas wie »wahr ist's« hörte, wußte ich plötzlich und gänzlich unwiderstehlich, ich, so wußte ich, ich, ich mußte jetzt einfach mit einem Schlag alle Blumen ausreißen, mit Posaunenschall dachte ich, barst die Wolke mit einem Schlag alle Blumen, dann würde ein solches Feuer vom Himmel fallen, daß auch ihr Zauber kaputtging und sie samt ihrem Zauber und alles, und ich griff, und jetzt mit dem Bewußtsein meines ganzen Leibes, daß auch ich im Feuer aufgehen und Feuer sein würde, das sie verbrannte, ins Gras nach den Stengeln aller sechs Blumen, da hatte auch Mariechen nach derselben Stelle gegriffen, und während Wahnsinn unsere Augen beschlug und die Grillen verstummten und unsere Fingerkuppen einander berührten, wünschte ich mit der Inbrunst eines letzten Wunsches, alle Menschen könnten uns nun so sehen, wie wir beide da hockten und wie ihr uns nun sehen könnt: das Wiesterschyl Mariechen und der Skrpska Peppi, zwei Magier über den Tod gebeugt, den Donner zu Häupten und den Blitz in Händen, die mächtigsten Zauberer dieser Erde, in deren Entscheid es nun lag, mit einem lässigen Ruck die Welt zu vernichten, und die sich soeben entschieden hatten; und ich zog, und die Welt wurde grau, die Faust über den Wurzeln zusammen, da fühlte ich Mariechens Finger an den meinen vorüber um die Stiele sich schließen, und da schwankte der Garten; die Berge kippten; die Luft wurde Glut und fraß meinen Atem, und da, und nun wissend, daß Mariechen wirklich den Zauber besaß, schrie ich auf um die schöne Welt, in der es mich gab und die Grillen im Gras und die Wolken und Brunnen und Quellen, und es war wohl im letzten Moment unser aller Dauer, daß ich also um Gnade schrie, denn zwischen meinen Fußspitzen war schon ein

Loch aufgebrochen, zwar erst klein wie ein Spinnenloch, doch der Schlund der Vernichtung, und was mich daraus andünstete, war der Tod ... Es war der Tod; mir schwanden die Sinne; ich nahm nicht mehr wahr, wie der Garten zur Ruh kam und die Berge sich wieder ins Lot drehten und die Luft sich klärte, und als dann die Grillen und Grasduft mich ins Leben zurücktrugen, hatte die Zauberin sich erhoben und schritt, ohne sich nach mir umzusehen, in die stille Bläue des Abschieds, und in diesem Augenblick wußte ich, daß ich sie liebte und inniger liebte als je und daß zu dieser, der größeren Liebe gehörte, daß ich besiegt war, besiegt von ihr, die der berstenden Erde gebot und der brennenden Luft und dem Fliegen der Blitze und die nun dahinging, wie ich sie vordem noch nie gesehen: Leichtfüßig, schlank im Mittag, von Gold umhangen und leuchtend wie eine Schneenacht, und mit der verzückten Gewißheit, ein Wunder zu ihrem Ruhm zu wirken, nahm ich einen Stein und zielte so sorgsam wie nie und warf ihn ihr nach und sah ihn langsam und schwer genau ins Gold ihres Hauptes flattern und wußte, daß er sie nicht treffen konnte, nicht treffen, nicht treffen, nicht treff

Editorische Notiz

Die Erzählungen *Das Judenauto*, *Die Verteidigung der Reichenberger Turnhalle* und *Regentag im Kaukasus* gehören zu dem Novellenzyklus *Das Judenauto*; unser Abdruck folgt der Erstausgabe, Berlin/Weimar: Aufbau-Verlag, 1962, S. 5–14, 29–40, 154–161.

Die Schöpfung ist den Gesammelten Erzählungen mit dem Titel *König Ödipus* entnommen; unser Abdruck folgt der Erstausgabe, Berlin/Weimar: Aufbau-Verlag, 1966, S. 147 bis 168.

Die Gewitterblume erschien erstmals in der Zeitschrift *Sinn und Form*, Jg. 23 (1971) S. 629–638; unser Text folgt dem Erstdruck.

Nachwort

Wer erinnert sich noch an Franz Fühmann, den Ostberliner Schriftsteller, der 1984 gestorben ist? Schnell vergessen sind Autoren, die keine Romane geschrieben, eher ein zu allen ideologischen und modischen Strömungen querstehendes Werk hinterlassen haben. Fühmann war Erzähler und Essayist, Nachdichter tschechischer und ungarischer Lyrik, Autor sprachspielerischer Kinderbücher und jahrelanger Vorkämpfer der in der DDR ersten kleinen Sigmund-Freud-Auswahl, die dann endlich 1982 erscheinen konnte. Überraschend brach die DDR daraufhin nicht – noch nicht – zusammen, wie Parteiideologen befürchtet hatten. Aber dann trat Sigmund Freud seinen Siegeszug an: mehrere DDR-Verlage wollten ihn gleichzeitig herausbringen. In den letzten Jahren seines Lebens wurde Franz Fühmann als unbequemer, ja renitenter Autor totgeschwiegen. Das Ministerium für Staatssicherheit hatte ihn seit Anfang 1977, in dem operativen Vorgang »Filou«, flächendeckend beschattet.

1982 wurde Fühmann mit dem Preis der Südwestfunk-Bestenliste und mit dem Geschwister-Scholl-Preis der Stadt München für den *Sturz des Engels*, sein autobiographisch-essayistisches Buch über Georg Trakl, ausgezeichnet. Trakls Satz »Der Wahrheit nachsinnen – / Viel Schmerz« wurde Fühmanns Leitlinie und Richtschnur einer Selbsterforschung, einer Selbstbegegnung, die mit folgenden Sätzen endete: »Trakls Gedicht wird uns nicht mehr verlassen; wir werden weiter der Wahrheit nachsinnen. Mehr Schmerz? – Wir werden es erfahren. Aber es kann wohl nicht anders sein.«

Gelesen hat man den *Sturz des Engels* (1982), sein eigentliches Hauptwerk, kaum. Dann hätte man sich dem heiklen Thema von Verdrängung und Wandlung stellen und sich am Beispiel der Person Fühmanns auf die kaum stattgefundene

Aufarbeitung des Faschismus und des Stalinismus einlassen müssen.

War Fühmann ein Autor mit altmodischen Themen? Angesichts der neofaschistischen Umtriebe und Gewaltakte eines Teils der 16- bis 25jährigen Deutschen in den Jahren seit 1990 ist sein Werk heute aktueller denn je.

Franz Fühmann hatte auch die alte, aber immer virulente deutsche Antithese von Geist und Macht, Dichtung und Doktrin als ungelöstes Problem des Sozialismus ins Zentrum seines späten Werkes gestellt. Seine radikale Haltung fürchteten schließlich die offiziellen Zensoren ebenso wie die inoffiziellen Spitzel und Verräter. Er stritt für die Eigengesetzlichkeit der Literatur gegen die Betonköpfe im Kulturministerium wie für die Anerkennung der jungen Autoren, mit denen er sich solidarisierte. Er setzte 1975 den Abdruck von Volker Brauns *Unvollendeter Geschichte* in der Zeitschrift *Sinn und Form* durch und rang dem kulturpolitischen Apparat 1983 die Zustimmung für eine erste Lyrik-Publikation des Dichters Wolfgang Hilbig ab, den die Stasi zu diesem Zeitpunkt als »kriminell und operativ angefallen« bezeichnet hatte. Fühmann brachte die Fragen nach Moral und Wahrheit immer heftiger ins Spiel. Er setzte sich für die Friedensbewegung »Schwerter zu Pflugscharen« ein und lehnte eine Teilnahme am Den Haager Friedenstreffen der Schriftsteller mit der Begründung ab, das Thema müsse in der DDR öffentlich und mit allen Schichten der Bevölkerung diskutiert werden. Sein offiziöses Sündenregister ist zugleich das Register all der Mängel eines totalitären Regimes, an denen die DDR schließlich zugrunde gegangen ist. Insgeheim war Franz Fühmann eine der wenigen Leitfiguren, die die DDR-Literatur vorzuweisen hatte. Das war beim Beginn seiner Schriftstellerexistenz so durchaus nicht abzusehen.

1922 in Rochlitz im Riesengebirge als Sohn eines dem Nationalsozialismus anhängenden Apothekers geboren, war Fühmann als junger Schriftsteller in der DDR nicht als Vorkämpfer oder gar Märtyrer für demokratische Werte vorbestimmt. Er hat sie im beginnenden Sozialismus ungefragt vorausgesetzt. Der sozialistische Staat DDR wurde ihm und seiner Generation als die bessere Gesellschaft angedient. Und daß er, der einstige junge Soldat Hitlers, der sich als »Faschisten« bezeichnet hatte, sich nun mitschuldig an Auschwitz fühlte, erleichterte und forcierte die Annahme eines neuen, von oben verordneten Wertesystems, das sich sozialistisch nannte. Fühmann hatte sich ihm seit seiner Kriegsgefangenschaft in der Sowjetunion gläubig unterworfen; sein dogmatischer Antifaschismus leistete diesem Glauben zunächst Vorschub.

Da der Erzengel Michael die Feinde Hitlers nicht vernichtet hatte, wie Fühmanns Vater dem Sohn gegen Ende des Krieges noch prophezeit hatte, verlief Fühmanns Lebenskurve in mäandrischen Bahnen. Nicht der Sieg, sondern der Sturz des Engels wurde sein Schicksal.

Fühmanns Weg vom jungen Wehrmachtssoldaten zum Marxisten und Kulturfunktionär und schließlich zum kritischen und selbstkritischen Autor – dieser Prozeß der »Wandlung«, wie er ihn selbst nannte, ist sein zentrales Thema, mit dem er sich in immer neuen Anläufen herumschlägt. So schreibt er, kaum zurückgekehrt aus sowjetischer Gefangenschaft, an Johannes R. Becher in Berlin in einem Brief vom 30. Januar 1950:

> Lieber Johannes Becher,
> im Krieg haben wir Ihre Gedichte leider nicht gekannt, sonst wäre der Weg mancher von uns anders gewesen. Aber in Gefangenschaft lernten wir sie kennen und fanden das Deutschland in ihnen, das wir suchten und an das wir, trotz alledem, einst geglaubt hatten.
> Wir waren ja alle sehr jung, und das Leben und alles, was Deutschland hieß, war unbegriffen. Heute versuchen wir es nicht zu begreifen, sondern zu gestalten, mitzugestalten, mitzubauen. Ich möchte Ihnen zu-

nächst aus ganzem Herzen für Ihre Verse danken, sie haben mir sehr viel gegeben, sie sind mir ein Stück Lebensinhalt, mehr noch: Lebenswandlung geworden ...

(Franz Fühmann, *Briefe 1950–1984*, hrsg. von Hans-Jürgen Schmitt, Rostock 1994, S. 7.)

Später geht Fühmann auf große Distanz zu Becher und wünscht auch keine patenschaftliche Betreuung durch den Altmeister, was er ihm höflich zu verstehen gibt. Sein Mitwirken und Mitbauen am neuen sozialistischen Staat bekundet sich in der sofortigen Mitgliedschaft in der National-Demokratischen Partei Deutschlands (NDPD), die als Auffangbecken für einstige Nationalsozialisten und Wehrmachtssoldaten diente. In solchen Neugründungen sollten alle diejenigen organisatorisch erfaßt werden, die nicht in die SED wollten.

Fühmann macht Funktionärskarriere, bringt es zum Hauptabteilungsleiter für Kultur und zählt zum politischen Elitekader der DDR. Später nennt er diese Zeit seine Kulturpapstposse, die ihm eine Psychose eingebracht habe. 1958 löst er das Arbeitsverhältnis mit der Partei, um über die Arbeitswelt schreiben zu können. Er geht auf die Rostocker Warnow-Werft und schreibt die Reportage *Kabelkran und Blauer Peter*, für die er von der SED gelobt, von seiner Partei getadelt wird. Im Zusammenhang mit dem 11. Plenum des Zentralkomitees im Dezember 1965, mit den heftigen Debatten über Formalismus und Dekadenz, tritt Fühmann Anfang 1966 aus dem Vorstand des Deutschen Schriftstellerverbands aus und muß sich vor seiner Partei dafür rechtfertigen.

Schon bei dieser Auseinandersetzung läßt sich das Grundübel der Parteiherrschaft erkennen, das alle der SED nachgeschalteten Parteien betraf: die Realitätsferne, ja Realitätsblindheit. Die Schriftsteller aber wären ja die kritischen Aufklärer gewesen, hätte man sie nicht ideologisch auf eine

Wunschrealität eingeschworen: nämlich den Arbeiter als Renaissance-Menschen an den Schalthebeln der Macht zu zeigen.

Ende der sechziger Jahre war unter Ulbricht für die Künstler die absolute Eiszeit angebrochen. In einem Brief vom 21. Januar 1967 an seinen Rostocker Lektor Kurt Batt erwiderte Fühmann auf Batts Glückwünsche zum 45. Geburtstag mit deutlichen Anspielungen auf die aktuelle Situation:

> Lieber Dr. Batt,
>
> [...] Ihre Worte waren ein Labsal und eine Ehrung, und daß Sie mein Bemühen unter den Begriff der Strenge gestellt haben, hat mich bewegt. Und was tut die strenge Feder? Sie schreibt Kinderbücher – und Jugendbücher, das ist besser als nichts und besser als Falsches. Nach der Odyssee die Ilias. Der alte Blinde war schon ein großartiger Mann, und wie er seinen Herrn, den Parvenüs des Kriegeradels, die von der Literatur vor allem Haus- und Stammesreklame verlangten, aber den Spiegel vorhielt, ohne daß sie es merkten, wie er ihre Dummheit, Roheit, Kulturlosigkeit, Barbarei, Ungeschlachtheit, Brutalität und Schäbigkeit schildert und dabei unentwegt mit Wendungen wie ›sagte der edle Held‹ – ›der herrliche König‹ parodistisch kontert und gleichzeitig seinen Auftraggebern Sand in die Augen streut – das ist schon eine Wucht. Und wie viele merken's heute noch nicht ...
>
> (Fühmann, *Briefe*, S. 74 f.)

Das war die Poetik der ernst zu nehmenden DDR-Literatur: daß man immer übers direkt Gemeinte hinausschrieb, weil man seine Zensoren hinters Licht führen mußte. So entstanden durch Verachtung der Auftraggeber Stilformen zur Täuschung. Fühmanns Nach- und Umdichtung klassischer

Stoffe wie der Homerischen Epen oder der Prometheussage sowie seine späten mythologischen Erzählungen profitierten davon; ebenso die DDR-Lyrik oder auch die Prosa des Erzählers Fritz Rudolf Fries.

Fühmann wurde für junge Dichter, die sich an ihn wandten, weil sie keine Publikationsmöglichkeiten in der DDR fanden, von den siebziger Jahren an immer mehr eine »Orientierungsfigur«, wie die Stasi ihn bezeichnete. In einem Brief vom 15. Januar 1973 an Uwe Klabunde, der Fühmann Gedichte über Konzentrationslager geschickt hatte, verdeutlicht Fühmann seine eigene Position:

> Lieber Uwe Klabunde,
>
> [...] Ihre Generation soll und darf sich nicht mehr das Kreuz Buchenwald auf die Schultern laden. Das ist unser Kreuz, und wir werden es bis ans Ende schleppen, wir sind dran geschlagen, und wir kommen nicht los, auch dann nicht, wenn wir sehen, daß wir hinter dem Weltgang zurückbleiben (was wir damit tun). Eure Generation hat ihr eigenes Kreuz, und das ist wahrhaftig auch nicht leicht. Buchenwald ist für euch Historie; ihr sollt euch natürlich als Historie damit beschäftigen, aber eben als Historie. Das, was für uns der schwere Weg ist, wäre für euch der leichtere, der bequemere Weg. Denn ihr verantwortet Buchenwald nicht mehr, wohl aber wir. Und Buchenwald ohne Schuld und Verantwortung wird politisch-historisches Kunstgewerbe. Das, verzeihen Sie, merkt man Ihren Gedichten über dieses Thema auch an ...
>
> (Fühmann, *Briefe*, S. 119.)

Buchenwald und Auschwitz waren Fühmanns große Sühnezeichen und auch seine Duldungsmetaphern für ein längst obsolet gewordenes Bild von Sozialismus.

Fühmanns Hoffnung auf ein besseres, auf ein sozialistisches Deutschland wurde vom Ende der sechziger Jahre an immer brüchiger, wozu auch zwei politische Ereignisse wesentlich beitrugen: der Einmarsch der Warschauer Paktstaaten in Prag, an dem noch einmal eine deutsche Armee beteiligt war, und dann die Ausbürgerung Wolf Biermanns im November 1976. Fühmann stellte immer entschiedener nur noch die Frage nach der eigenen literarischen Verantwortung.

Das hatte zur Folge, daß Franz Fühmann nun erst, fast fünfundfünfzig Jahre alt, seine eigentlichen Werke schrieb und 1978 *Der Geliebte der Morgenröte*, vier mythologische Geschichten als Modelle menschlichen, nicht göttlichen Seins, veröffentlichte. Zugleich verwarf er auch immer wieder in dem Augenblick, da er neue Stoffe erprobte, zu neuen Erzählweisen fand, die vorangegangene Schaffensperiode. Dieser fortgesetzte literarische Revisionismus war nie durch Opportunismus bestimmt. Man muß sich vorstellen, daß erst der Fühmann mit über fünfzig Jahren E. T. A. Hoffmann, Jean Paul, Georg Trakl oder Søren Kierkegaard in Essays für sich fruchtbar machte, einer Form, von der der Germanist Hans Mayer dem jungen, dreißigjährigen Fühmann noch dringend abgeraten hatte – »bei Strafe der Exkommunikation« (so Fühmann in einem Brief an Peter Huchel vom 15. Februar 1959). Wie Fühmann jedoch E. T. A. Hoffmanns Gestalt des »Ignaz Denner« als Beispiel für das Verhältnis von Herr und Knecht deutet – daran zeigt sich besonders exemplarisch seine späte essayistische Kunst. Nachzulesen in *Fräulein Veronika Paulmann aus der Pirnaer Vorstadt oder Etwas über das Schauerliche bei E. T. A. Hoffmann* (1979/80).

Schon bei den Geschichten, die Fühmann im *Judenauto* versammelt hatte, ist es augenfällig, daß sich hier der Erzähler vom dogmatischen Funktionär im Rahmen der damaligen kulturpolitischen Vorgaben, Anfang der sechziger Jahre, abzusetzen weiß. Fühmann wollte der »Kämpfer für den Frieden« sein, als den ihn Anna Seghers in den fünfziger

Jahren gelobt hatte. Der frühe Widerstreit zwischen der Annahme eines »von oben verordneten Wertesystems« und der Eigengesetzlichkeit der schöpferischen Phantasie machen Reiz, Anmut und Widerspruch seiner Erzählungen aus.

Hans-Jürgen Schmitt

Inhalt

Deutschsprachige Literatur der Gegenwart

IN RECLAMS UNIVERSAL-BIBLIOTHEK

Eine Auswahl

Aichinger, Ilse: *Dialoge. Erzählungen. Gedichte.* 110 S. UB 7939

Andersch, Alfred: *Fahrerflucht. Ein Liebhaber des Halbschattens.* 95 S. UB 9892

Artmann, H. C.: *»wer dichten kann ist dichtersmann«.* 101 S. UB 8264

Ausländer, Rose: *Regenwörter.* 115 S. UB 8959

Bachmann, Ingeborg: *Undine geht. Das Gebell. Ein Wildermuth.* 76 S. UB 8008

Bender, Hans: *Die Wölfe kommen zurück.* 70 S. UB 9430

Benn, Gottfried: *Gedichte.* 188 S. UB 8480

Bernhard, Thomas: *An der Baumgrenze.* 54 S. UB 8334 - *Der Wetterfleck.* 77 S. UB 9818

Bernstein, F. W.: *Reimweh.* 139 S. UB 9308

Bichsel, Peter: *Stockwerke.* 79 S. UB 9719

Bobrowski, Johannes: *Lipmanns Leib.* 80 S. UB 9447

Böll, Heinrich: *Der Mann mit den Messern.* 79 S. UB 8287

Brandstetter, Alois: *Landessäure.* 93 S. UB 8335

Burger, Hermann: *Der Puck.* 92 S. UB 8580

Canetti, Elias: *Komödie der Eitelkeit.* 139 S. UB 7678

Deutsche Gedichte der sechziger Jahre. 294 S. UB 8211

Deutsche Gedichte 1930-1960. 463 S. UB 7914

Deutsche Literatur. Jahresüberblick. *1981.* 260 S. UB 7760 – *1982.* 272 S. UB 7915 – *1983.* 253 S. UB 8212 – *1984.* 272 S. UB 8045 – *1985.* 320 S. UB 8282 – *1986.* 352 S. UB 8403 – *1987.* 344 S. UB 8404 – *1988.* 284 S. UB 8405 – *1989.* 327 S. UB 8406 – *1990.* 322 S. UB 8407 – *1991.* 309 S. UB 8408 – *1992.* 341 S. UB 8409 – *1993.* 357 S. UB 8870

Doderer, Heimito von: *Das letzte Abenteuer.* 107 S. UB 7806

Domin, Hilde: *Abel steh auf.* 96 S. UB 9955

Dorst, Tankred: *Große Schmährede an der Stadtmauer.* 54 S. UB 7672

Eich, Günter: *Fabula rasa.* 64 S. UB 8284 – *Die Mädchen aus Viterbo.* 72 S. UB 8688

Enzensberger, Hans Magnus: *Dreiunddreißig Gedichte.* 75 S. UB 7674

Erzählte Zeit. 50 deutsche Kurzgesch. d. Gegenwart. 517 S. UB 9996

Fried, Erich: *Gedichte.* 80 S. UB 8863

Frisch, Max: *Rip van Winkle.* 62 S. UB 8306

Frischmuth, Barbara: *Unzeit.* 78 S. UB 8295

Fühmann, Franz: *Die Verteidigung der Reichenberger Turnhalle. Das Judenauto* und andere Erzählungen. 77 S. UB 9858

Gernhardt, Robert: *Reim und Zeit.* 80 S. UB 8652

Goes, Albrecht: *Unruhige Nacht.* 79 S. UB 8458

Gomringer, Eugen: *konstellationen, ideogramme, stundenbuch.* 156 S. UB 9841

Grass, Günter: *Die bösen Köche.* 96 S. UB 9883 – *Gedichte.* 88 S. UB 8060

Grün, Max von der: *Waldläufer und Brückensteher.* 75 S. UB 8426

Handke, Peter: *Noch einmal für Thukydides.* 47 S. UB 8804 – *Die Tage gingen wirklich ins Land.* Ein Lesebuch. 216 S. UB 9354

Härtling, Peter: *Der wiederholte Unfall.* 77 S. UB 9991

Helwig, Werner: *Raubfischer in Hellas.* 192 S. UB 8684 – *Im Dickicht des Pelion.* 237 S. UB 8705 – *Reise ohne Heimkehr.* 375 S. UB 8706

Henscheid, Eckhard: *Dammdeutsch.* Ein Wörterbuch. 294 S. UB 8865 – *Verdi ist der Mozart Wagners.* Ein Opernführer für Versierte und Versehrte. 270 S. Mit Notenbeispielen. Gebunden

Hildesheimer, Wolfgang: *Begegnung im Balkanexpreß. An den Ufern der Plotinitza.* 71 S. UB 8529 – *Der Ruf in der Wüste.* 75 S. UB 8720

Hochhuth, Rolf: *Die Berliner Antigone.* Erzählungen und Gedichte. 86 S. UB 8346

Hochwälder, Fritz: *Das heilige Experiment.* 79 S. UB 8100 – *Der öffentliche Ankläger.* 88 S. UB 9775

Hoerschelmann, Fred von: *Das Schiff Esperanza.* 70 S. UB 8762 – *Die verschlossene Tür.* 63 S. UB 8367

Jandl, Ernst: *Laut und Luise.* 160 S. UB 9823 – *Sprechblasen.* 96 S. UB 9940

Jünger, Ernst: *Capriccios.* 72 S. UB 7796

Kaschnitz, Marie Luise: *Caterina Cornaro. Die Reise des Herrn Admet.* 71 S. UB 8731 – *Der Tulpenmann.* 87 S. UB 9824

Kempowski, Walter: *Fünf Kapitel für sich.* 103 S. UB 7983

Klose, Werner: *Reifeprüfung.* 60 S. UB 8442

Koeppen, Wolfgang: *New York.* 69 S. UB 8602

Konkrete Poesie. 176 S. UB 9350

Kreuder, Ernst: *Phantom der Angst.* 80 S. UB 8428

Krolow, Karl: *Gedichte und poetologische Texte.* 67 S. UB 8074

Kronauer, Brigitte: *Die Wiese.* 126 S. UB 8921

Krüger, Michael: *Welt unter Glas.* 80 S. UB 8310

Kunze, Reiner: *Selbstgespräch für andere.* 103 S. UB 8543

Kunert, Günter: *Gedichte.* 79 S. UB 8380 – *Der Hai.* 87 S. UB 9716
Langgässer, Elisabeth: *Saisonbeginn.* 80 S. UB 7723
Lenz, Siegfried: *Das schönste Fest der Welt. Haussuchung.* 86 S. UB 8585 – *Stimmungen der See.* 79 S. UB 8662
Lyrik für Leser. Deutsche Gedichte der siebziger Jahre. 159 S. UB 9976
Marti, Kurt: *Wen meinte der Mann?* 120 S. UB 8636
Mayröcker, Friederike: *Das Anheben der Arme bei Feuersglut.* Gedichte und Prosa. 79 S. UB 8236
Meier, Gerhard: *Signale und Windstöße.* 74 S. UB 8552
Moderne deutsche Naturlyrik. 336 S. 6 Abb. UB 9969
Müller, Heiner: *Revolutionsstücke.* 147 S. UB 8470
Muschg, Adolf: *Besuch in der Schweiz.* 88 S. UB 9876
Nichts ist versprochen. Liebesgedichte der Gegenwart. 254 S. UB 8559
Reportagen. 180 S. UB 9837
Rinser, Luise: *Jan Lobel aus Warschau.* 77 S. UB 8897
Rühmkorf, Peter: *Selbstredend und selbstreimend.* 131 S. UB 8390
Schaper, Edzard: *Der große, offenbare Tag.* 59 S. UB 8018
Schmidt, Arno: *Windmühlen.* 78 S. UB 8600
Schnurre, Wolfdietrich: *Ein Fall für Herrn Schmidt.* 78 S. UB 8677
Schutting, J.: *Findhunde.* 85 S. UB 8517
Seghers, Anna: *Fünf Erzählungen.* 159 S. UB 9805
Späth, Gerold: *Commedia.* 79 S. UB 8245
Strauß, Botho: *Trilogie des Wiedersehens.* 135 S. UB 9908 – *Über Liebe.* 151 S. UB 8621
Walser, Martin: *Versuch, ein Gefühl zu verstehen, und andere Versuche.* 131 S. UB 7824 – *Die Zimmerschlacht.* 68 S. UB 7677
Weyrauch, Wolfgang: *Das grüne Zelt. Die japanischen Fischer.* 69 S. UB 8256
Wickert, Erich: *Der Klassenaufsatz. Alkestis.* 71 S. UB 8443
Wohmann, Gabriele: *Treibjagd.* 88 S. UB 7912
Wolf, Christa: *Neue Lebensansichten eines Katers. Juninachmittag.* 69 S. UB 7686
Wolf, Ror: *»Ein Komplott aus Spiel, Spaß und Entsetzen«.* 128 S. 15 Abb. UB 9301

Philipp Reclam jun. Stuttgart